U0585335

何建明文集（5）

根本利益

何建明　著

作家出版社

图书在版编目（CIP）数据

根本利益 / 何建明著 . -- 北京：作家出版社，2022.1
（人民文学头条：全 7 册）
ISBN 978 - 7 - 5212 - 1475 - 8

Ⅰ . ①根… Ⅱ . ①何… Ⅲ . ①报告文学 – 中国 – 当代
Ⅳ . ①I125

中国版本图书馆 CIP 数据核字（2021）第 127633 号

根本利益

作　　者：何建明
责任编辑：田小爽
装帧设计：留白文化
出版发行：作家出版社有限公司
社　　址：北京农展馆南里 10 号　　　　邮　　编：100125
电话传真：86 - 10 - 65067186（发行中心及邮购部）
　　　　　86 - 10 - 65004079（总编室）
E - mail: zuojia@zuojia. net. cn
http: // www. ZUOJIACHUBANSHE. com
印　　刷：三河市紫恒印装有限公司
成品尺寸：145 × 210
字　　数：137 千
印　　张：7.75
版　　次：2022 年 1 月第 1 版
印　　次：2022 年 1 月第 1 次印刷
ISBN 978 - 7 - 5212 - 1475 - 8
定　　价：188.00 元（全 7 册）

目 录

第一章

2002年的"五一"假期里，当城市里的人们背着大包小包，带着欢笑，忙碌着去那些风光名胜之地旅游的时候，本文的主人公——中共山西省运城市纪检委副书记梁雨润告诉我，他必须去处理一个"特殊事件"，而且这事"不能再拖了，每拖一天我的心就发揪"。他用这词形容内心的急切与愤慨。

关于他说的"特殊事件"，我在第一次到山西运城时他就说过，当时我觉得这事是横在这位先进纪检干部面前的一条难以逾越的鸿沟，出于"宣传"需要，我曾暗示他：你不用处理这样的事照样是个响当当的先进人物，如果这事处理不好或者处理成"夹生饭"，你不是把自己弄到很被动的地步嘛！但梁雨润摇摇头，他异常沉重地对我说：如果不能把这样的事处理好，我以前纵然有中条山（当地的名山）一样高大的"先进"牌牌，也等于零。

为这事，我们曾经为"还能不能"使写他的这篇作品问世而争执过。

"相比畅春英一家十几年来经受的打击和遭遇，我们作为共产党的干部，是否宣传自己已经显得不那么重要和没有多少可比性了。真的，不瞒你何作家，我曾暗想过，如果像畅春英家出的那种事，已经到了我的手上再解决不了，我宁愿舍官回家跟着老父亲管苹果园去，因为我觉得比起畅春英这样的老百姓受的冤屈，我们当不当官，能不能升职，似乎显得一点也不重要了。如果说当官还能解决好像畅春英家这样的老大难问题，那我觉得自己的这个官没有白当……"梁雨润说上面这段话时显得很激动。

我为前途无量的他捏了一把冷汗。从第一次接受中纪委有关部门的邀请采访梁雨润后的几个月时间里，我一直关注着他处理畅春英事件的整个发展进程。

这件事处理起来实在太难，因为我们常人无法想象得出世上竟然还会发生这样的事——一对农民夫妇，当活生生的儿子被杀害后，为了寻求法律的公正判决而将死去的儿子装入棺材放在家里整整十三年，家贫的夫妇两人到处上访告状。其间，丈夫不堪悲哀与经济负担，重病缠身，终因积劳成疾，卒于中年。身为母亲和妻子的一位农家妇女，身怀海一样深的悲愤，又将丈夫装入棺材，放在自己的床头，然后倾家荡产，挥泪出门，再度走上上访遥途……

　　梁雨润与这位名叫畅春英的农家妇女的相遇是在市纪委信访室。

　　那天正值上班时分，纪委有人匆匆地跑过来告诉梁雨润，说有位农妇举着"冤冤冤"三个大字的牌子在信访室要求见你梁书记。

　　"咋一定要见我嘛？"梁雨润顺口问了一声。

　　"咱运城这一带谁不知道你是专为群众办事的'百姓书记'嘛！"

　　"别给我戴高帽子啊！"梁雨润与单位的同事开了一句玩笑，立即从原本上办公大楼的方向转了个弯。

　　进了信访室，他一眼就看到有个上了年纪的农妇坐在长椅上。

　　"大娘，你要见的梁书记来啦，有话你可以跟他说。"信访室的工作人员对这位农妇说。这位名叫畅春英的大娘一听这话，全身立即像触电似的一阵颤动，随后她抬起头，那双目光呆滞的眼睛望着站在跟前的梁雨润，眼泪顿时如雨而下……

　　"你就是梁……梁书记？"

　　"是，大娘，我是梁雨润。"当看清对方容貌时，梁雨润的心猛然一颤：又是位坠入苦难深渊的老太太！凭着职业的敏感，梁雨润知道，这位脸上布满沧桑和迟钝表情、满头凌乱白发的老太太，心里一定有诉不完的冤情。

"大娘，您坐到我这边来，慢慢跟我说说您的事，啊，慢慢说，我们会想法帮您解决的。"梁雨润起身将畅春英扶到自己的座位旁边，然后轻声询问，"大娘您今年高寿？"

"我？高寿？"老太太自言自语地看着梁雨润，又看看屋里的其他人。

"梁书记问你多大年龄。"有人对她说。

这回畅春英明白了。她向梁雨润伸了伸右手，再伸了伸右手，又举起左手的四个指头。

"您才五十九岁呀？！"梁雨润惊愕不已。他转头用目光询问信访室的同志。

"没错，她比我小两岁，1942 年 1 月生的。"有位老汉长叹一声，道，"她可是个苦命人，都是愁老的啊……"

"大娘，你说说吧，我会尽力关照您的事。"梁雨润的心头顿时堵得慌。

"梁书记——"突然，畅春英"扑通"跪倒在梁雨润的面前，一声撕人心肺的惨烈呼喊之后，便不省人事……

"快快，快把老大娘扶起来！"梁雨润大惊，立即命令纪委信访室的同事："马上叫医生过来抢救！"

"快快……"信访室内的人顿时乱成一团。还好，正当大家手忙脚乱时，畅春英大娘苏醒了过来。而她做出的第一个动作，便是紧紧拉住梁雨润的手，不再放开。那抖动着的嘴唇，竟一句话也吐不出来，只是一个劲儿地流泪，大滴大滴的泪水，落在梁雨润的手上，令他感觉透心的寒冷……

畅春英是运城河津市小梁乡胡家堡村的农民，她的儿子姚成孝是个退伍军人。1989 年的一天，姚成孝骑自行车回家，在村口的路上，碰上了迎面过来的村支部书记的两个儿子。因为路不宽，村支书的儿子说姚成孝的自行车撞了他们，于是三人就发生口角。这本来是小事一桩，可由于这个村打"文革"起就派性严重，村里的家族势力十分猖獗，不同道不同族的村民之间，要么老死不相往来，要么遇事互不相让。畅春英的儿子姚成孝这回撞上的是村支部书记的两位大公子，对方当然就不干了，又仗着平日老子在村上当"一把手"的威势，便冲孤身一人的姚成孝动起手来。姚成孝觉得自己连车子都没挂一下对方的衣衫，怎么说动手就动手呀？这一方非要赢回威风，另一方又不甘吃亏，你打我回，几招过后，村书记的两个儿子一前一后，一上一下，趁姚成孝不备之时，拿起刀子连捅姚成孝两刀，姚成孝当时便倒在了血泊之中。后被村上路过的人看到，急送医院，可由于流血过多，途中便停止了呼吸……

好端端的儿子，全家的顶梁柱在顷刻间悲惨离去，身为母亲的畅春英和姚成孝的父亲姚志忠悲痛欲绝。更令他们难解心头之愤的是犯有故意杀人罪的村支部书记的两个儿子，被法院判了故意伤害致死人命罪，主犯只判十二年，从犯三年。

杀人偿命的道理，畅春英和丈夫这对农民夫妇还懂，他们觉得自己的儿子死得惨，死得冤，法院判杀人犯判得太轻，所以不服。为了使惨遭杀害的儿子能在九泉之下合上眼，畅春英和丈夫一直没有将死去的儿子下葬，棺材放在儿子活着的时候住的那间房子里。他们这样做的目的是希望法院能还他们一个心服口服的判决。为这事，老两口便开始上县城、跑运城、奔太原上访申冤。光北京就去过四次，连天安门派出所的民警都熟悉畅春英夫妇了。

这不，第一次上北京的畅春英和老伴不知怎么个向政府申诉自己的冤情，便走到新华门那儿，见解放军战士在那儿站着岗不让进中南海，就掏出孝服穿上，然后披麻戴孝地在新华门门口长跪不起。老两口还没有来得及哭喊几声，便被便衣警察送到了天安门派出所。警察同志了解实情后，并没有为难这对山西农民，但告诉他们北京是国家的首都，特别是中南海是党中央国务院领导办公的地方，要想解决问题还得一级一级地来处理。后来山西方面来人将他们接回了原籍。

人死了不埋会很快腐烂发臭的，再说虽然没有"鬼"，可毕竟死人不入土，邻居和周围的人受不了呀！特别是一到夏天，那从棺材里发出的臭气，直熏得方圆十几里都能闻得见。姚家从此成了谁也不待见的"死人户"，白天村上的小孩子们绕过姚家上学，晚上连成人都不敢出门串亲访友，怕姚家的棺材里钻出一个"鬼"来喊冤。失儿离众的畅春英和老伴越发感到悲哀，每当夜深人静时，他们只有在儿子的棺材面前向鬼魂哭诉人间冤情。那凄凉悲切的恸哭，伴着阵阵夜风，飘荡在村野上空，更令乡里乡外的村民们毛骨悚然，长吁短叹。

畅春英的老伴姚志忠是个农村教师，他知情知理，可同样咽不下这口气，所以老两口你携我扶着又一次次地往县上、市里、省城甚至北京城里跑，成了天安门派出所的常客。他们手中拿到的领导"批示"有厚厚的一沓，但"批示"的下文就没有了。畅春英和老伴不相信天下无说理之处，他们年复一年地跑啊跑，而长眠在棺材内的儿子的尸体，也由腐烂变干巴了，直到最后像被神灵抽走了云丝似的只剩下一具骨架……只有半夜里他的亲生父母那凄凉悲切的恸哭依旧飘荡着。

常年的上访和悲伤，使畅春英夫妇身无分文，疾病满身。1995 年，畅春英丈夫又在上访的回程路上猝死。老伴在临死时拉着同是病魔缠身的畅春英叮咛道："家里借不到钱，就不用为我备棺材，也可以扔在野地里不埋我，但儿子的事你一定要上访下去，直到有好干部来管我们。"

那年畅春英五十刚出头，可她的模样已像个六七十岁的老太太。她把家里所有能换成钱的东西都拿出去卖了，总算给老伴备了口薄皮棺材，只是既没有办丧事也没有给他入土。她把装着老伴的棺材放在自己的房间，像过去几十年一样，天天依偎着棺中的老伴，权当他还活着……

畅春英家共有三间陋房，隔成两半，中间一道墙壁。老伴死后，她家隔开的两处房子内各放一具棺材，儿子和丈夫默默地躺在棺内伴她日起日落。打那以后，村上的人再也听不到深夜那一男一女此起彼伏的凄凉悲切的恸哭声了。丧子失夫的畅春英早已哭干了眼泪，只有每天夜深人静时，她才像全身瘫了似的伏在儿子和丈夫的棺材上用苍老的双手一下又一下地拍打着棺木，借以倾诉心中的无尽悲愤与思念，那拍打棺木的声响，在静寂的黑夜里，显得很响，传得很远，会惊醒三里五村，会引得鬼泣犬哭……

村上的成人和孩童谁也不敢再接近畅春英，虽然他们非常同情她，但毕竟那两具停放在屋子里的棺材，让所有的人无不感到恐惧和晦气。村上的干部，乡里的领导，一届又一届，届届都知道胡家堡有这么一户家里停放着两具装着死人的棺材的"上访专业户"，但谁都没胆子进过畅春英家一步。

"并不全是怕死人的晦气沾到自己身上，而是怕自己没那个能耐帮姚家了结冤情。唉，说来愧疚啊！"村干部、乡领导谈起此事，谁都摇头。

不用说，与畅春英同村的人更是有气无处出，人家已经惨到这份儿上了，你还能说啥不是？可政府和干部们吃什么饭的？咋就没个人来姚家瞅一瞅？开始是畅春英独自上访，后来村上的人也受不了了。特别是那些男娃儿更是气不打一处来，就因为这村上躺着死人，夏天"死人味"冲天，那外村的女孩子说啥也不愿嫁到这胡家堡村来呀！十几年来，村上的年轻人只出不进，这可愁坏了爷们娘们，于是有人告诉畅春英说，运城市纪委有个"梁青天"，他是市纪委副书记，人称"百姓书记"。你去找他，准没错。

走投无路的畅春英将信将疑地擦着眼泪，然后朝大伙儿作作揖，随即拎起身边的那只麻袋（这是几年来支撑她上访和度日的唯一"财富"，用它捡酒瓶和破烂卖钱换饭吃），便来到运城，找到了市纪委的梁雨润……

"大妈，你不用再说啥了，我一定想法为你死去的亲人讨个说法，让他们能入土安息，在九泉之下合上眼……"梁雨润听完畅春英一番令人难以置信的哭诉，心头早已阵阵痛楚，"什么事都可以放一放，但这件事再不能拖一天了！"梁雨润感慨万千，不由对天长叹。当他抚摸着畅春英老人那双粗糙干裂的手时，默默地从口袋中掏出50元钱。

"大娘，你先上街吃顿饱饭，改日我一定上你家去。啊，千万别再受上访这份罪了！"

"梁、梁书记啊，我和我躺在棺材中的儿子、老伴，一起在家等着，你可一定得来……"畅春英话未说完，已是老泪纵横，泣不成声了。

梁雨润看在眼里，心头阵阵作痛：这就是中国的农民！一个为了能听到一句公道的话而在家中放两口棺材整整十几年生不如死景况凄惨的乡村老妇人——除了党和政府能救她，还会有谁能给予她一丝希望呢！

可这漫漫十几年里，我们是不是欠这样的乡村老人太多太多东西了呀？！梁雨润的心潮久久不能平息。

第二天，他来到畅春英所在的河津市调查了解情况。当地法院领导一听这事，朝梁雨润直摇头：她的事全法院的人上上下下都知道，可就是不好办呀！

怎么个不好办？梁雨润要问个究竟出来。

"因为当时畅春英没有向法院提出在刑事判决的同时附带民事赔偿这一条，所以作为受害者家属的畅春英一家自然没有得到一分钱的经济赔偿，这是其一。其二，虽然她后来多次上访，也曾提出当时没有进行民事赔偿这一条，可我们这儿的法院已经换了好几茬人，陈年旧案不好再翻过来。"法院的人说。

"畅春英夫妇上访多年，你们知道吗？"

"知道。样子也挺可怜的。"

"那你们有人去过她家了解情况吗？"

"没人去过，她家放了两口棺材，里面都装着死人……"

梁雨润见法院领导的脸部表情僵僵的，便什么话都没有说了。

"是小梁乡党委吗？你就是书记？！那好，请你带上民政干事，我们一起上胡家堡村，就是上那个畅春英家。对对，就是那个家里放着两口棺材的人家。什么？问我知不知道那棺材里有死人？当然知道。我今天就是为这事而去的。请你也尽快到胡家堡村，我们见面再商议具体解决方案。好，就这样。胡家堡村见！"梁雨润说话间，已经登上了去畅春英家的面包车。

十几年来从未有人围聚过的畅春英家院子外，此刻却人头攒动，热闹异常。自打 1989 年畅春英的儿子姚成孝死后装入棺材的那天起，整整十三年间，她畅春英家几乎与世隔绝，没有人到她家来往过。这一天，梁雨润是十几年来市、县、乡三级党组织和政府官员中第一位踏进她畅春英家的领导干部。

"梁书记，你真的来了呀！"畅春英颤颤巍巍地从里屋走出，泪流满面地拉着梁雨润的手，久久不能言语。老人凝视着眼前的梁雨润，仿佛是在做梦。

"大娘，这些年您受苦啦，我们早该来您家看您和您没有入土的儿子及老伯……"梁雨润向畅春英大娘说完此话，便独自大步朝放着棺材的两间破屋走去，并且站在那两口棺材前凝视许久，然后毕恭毕敬地鞠躬默哀。

"儿啊，他爹啊——你们睁眼看看哪，梁书记他到我们家来啦！他代表政府来看你们啦——十几年啦，你们盼啊盼，连魂丝儿都盼干了，今儿个你们该知足了呀啊呜，我的儿啊，你和你爹该瞑目了呀——啊呜呜……"就在梁雨润鞠躬默哀的那一刻，吃尽人间苦楚的畅春英大娘再也无法克制地一头伏倒在棺材盖上，号啕大哭起来。那断肠裂肺的恸哭，像决堤的山洪，冲击着在场的每一个村民和干部的胸膛，人们无不落下同情的泪水……

"大娘，根据你家庭的经济状况，政府决定给2万元经济补助，好让你儿和丈夫的灵柩早日入土。"

"梁书记，我明白你的意思。你放心，我一定会尽快把儿和老伴的棺材埋了。过去即使有海一样深的冤，有你这么大的干部今天上我家来这一趟，看咱屈死的儿和苦命的老伴一眼，我从今再不上访了！我谢谢你，谢谢党……"

"大娘，我要代表党组织和政府向您表示歉意，是我们的工作没做好，让您一家受那么大的冤和苦，真对不住您老人家呀！"

"不，梁书记，我要谢谢你，谢谢政府和党啊！"

梁雨润和畅春英就这样长时间地边流泪，边诉说着，那情景让在场的人无不感动。当然，最受震动的是那些闻讯赶来的县、乡、村几级干部，他们面对这一场景，都忍不住愧疚地低下了头。

不是吗，如果他们都能像梁雨润一样早一点来真正关心和看望一下畅春英一家，已是悲哀万分的姚家怎么可能还会雪上加霜，走上了漫漫几百次的上访路？怎么可能父子同赴黄泉路？怎么可能两具装尸棺材露放几年十几年？怎么可能在社会主义的中国出现如此不可想象的人间悲剧？

我在北京知道了这件事后，立即用电话拨通了梁雨润书记的手机，希望能听到他对此事的激动人心的描述，然而手机里的他，却异常平静地说：我做的事算什么？就说我去畅春英家的事，其实根本不值一提。人家是老实巴交的农民，觉得当年自己的儿子死时法院判得不公，希望政府给个纠正机会，就为这，吃尽了千辛万苦，搞得家破人亡。当农民的有啥本事？没呀，所以他们用不埋死人把棺材放在家里作为唯一的筹码来争取自己那一点点权利。可是我们的干部和领导们十几年来居然可以对此不闻不问，就算是吓得不知如何办好，至少人家上访了多少年，你也应该到受害者家里访贫问苦、问寒问暖一回吧！你一直不来，十几年不来一次，人家心能不冷吗？畅春英是一个手无缚鸡之力、病魔缠身的农妇，她能做的出格举动仅仅是去跪倒在政府大门口。要是换了年轻力壮、血气方刚的人，你能料他不会干出什么过激的事？这种教训太多了。我听说她的事后就着急，不是着急畅春英家的

两口棺材已经停放的时间有多长，而是着急我们这些身为百姓父
母官的干部们为啥在这么长时间里不上人家家里看一看，关心关
心呢？人心都是肉长的，更何况人家受了那么多的难！你当干部
的，当共产党员的，为啥不想一想他们的疾苦呀！跟你说实话，
我到畅春英家那天对她说政府看她困难，准备补助她2万元，那
是我提着胆说的，因为我纪委没有政府职能，也没处拿这笔钱的
呀！可我看到畅春英家这么个景况，尤其是她四邻八乡的村民们
这十几年因为她家的那两口放着死人的棺材，实在受了不少难以
想象的苦恼，再不解决拖到什么时候？拖到姚家家里放三口棺材？
想想这些，我们当共产党干部的能安得了心吗？所以我当场自作
主张给畅春英大娘许了这么个诺。人家一听我这话，立马好像十
几年的冤屈就烟消云散了，还特意买了一条"红河"烟要请我们
抽。你知道她畅春英这些年都是怎么过的吗？她为了上访，常年
住在街头，没有钱，她就靠捡啤酒瓶拾破烂。听说有一次因为睡
在信访室的水泥地上八天八夜，得了重感冒，差点没有抢救过来。
像这样的人，要是再出个三长两短，你说她一家的冤还有谁出来
向政府说一说呢？那天离开畅春英家后，我立即给河津市委书记
打了个电话，当时我心里也在发毛，到畅春英家虽然把事情解决
得那么痛快，可要是我许下的2万块钱见不着影子，那我不是在
畅春英老人那颗已经流干血的心上又捅了一把刀子吗？河津市委

书记一听我说的事，连声说道，梁书记啊梁书记，你今天帮助我们解决了大难题，别说2万块，就是10万块，我也会让政府给。这我才放下心……

"这么说，畅春英同意把家里的两口棺材入土了？！"我听后不由为梁雨润松了口气。

"她是同意了，但真要把棺材埋下土还难着呢！"梁雨润在手机里长叹了一声。

"为啥？"

"人家受了那么多年的苦，心头的悲痛太深了。她不求别的，最主要是想法律上有个让她心服口服的说法。"

"那法院方面能不能重新判决呢？"

"这很难说。"

"又为什么？既然是明摆着当时判得不完全，就该知错改错嘛！"我说。

"事情不那么简单。"梁雨润说，"实际生活中常常有这样的事，你明知是有些问题的，特别是对案子，已经判了再翻过来，实在不是那么容易，涉及的情况有时你想象不出来。"

"不管怎么说，再难也难不过人家畅春英老太太为了要个说法，活脱脱地陪着两个死人朝朝夕夕了几年十几年呀！"我感到巨大不平，说这话时几乎是在喊。

"我知道，其实我除了苦口婆心地动员畅春英把家里的两口棺材埋了，更想在法律上帮她弄个明白，这样不至于死人埋了活人心里还咽不下这口积压了十几年的冤气嘛！"

"那对法院重新审理你有多少把握？"

"说不上来。现在的问题，首先是要让法院能真正从老百姓的利益出发、不是为掩饰自己而动起来。难就难在这地方。因为时间已经过了十几年，陈年老账不好翻……"听得出，梁雨润想纠正法律上对畅春英家的判决所面临的难处远比动员受害者家属埋掉家里两口棺材还要大得多。

"可不管怎么说，我们的工作再难也难不过人家畅春英心怀巨大悲痛，跑了十几年的上访路，伴着两个亲人的尸体生活了这么久的日子！放心何作家，只要我在纪委岗位上工作一天，就一定要把畅春英家的事处理好……"

我们的通话就这样结束了。然而对梁雨润处理"特殊事件"的每一步进展，我几乎每天都在关注。那些日子里，我一直在想着一个农家妇女怎样地背靠两具亲人的棺材，一天天苦度人间沧桑。虽然我一次次在午休和深夜的噩梦中被各种奇形怪状的想象所惊醒，但一旦回到现实时仍无法想象世上还有像畅春英这样的事以及她在这过程中所承受的那种生者与死者共枕数千个日日夜夜的岁月！

我的心一直揪着，为苦难的畅春英，也为一心想妥善处理此事的梁雨润。

真是功夫不负有心人，有一天梁雨润从运城给我打电话过来，向我转述了喜讯：当年判决杀害畅春英大儿子姚成孝一案的河津市人民法院经过几个月的重新寻找案宗和调查审核，终于作出了"（2001）河民初字第466号"新的"民事判决"，该判决如下：

经审理查明：原告畅春英系姚成孝母亲，1989年3月15日，被告胡玉信与胡玉华在同姚成孝撕打时，用匕首将姚成孝伤害致死。1990年4月12日，运城地区中级人民法院以故意伤害罪，判处胡玉信有期徒刑12年，判处胡玉华有期徒刑3年。同年7月3日，山西省高级人民法院维持原判。姚成孝死后，其父姚志忠为儿子遇害一事多次上访上告，于1995年去世之后，原告畅春英继续向有关部门上访上告，并多次到中院申诉民事赔偿部分。本院认为：二被告对姚成孝的伤害行为虽然发生于1989年，但原告方多年来一直为此事向有关机关和法院上访上告，诉讼时效因而未中断，所以原告的诉讼请求并未超过诉讼时效，二被告应当根据各自的责任大小对其伤害行为给原告造成的经济、精神损失进行赔偿。原

告的其他之诉，因无举证，不予支持。根据《中华人民
共和国民法通则》第 119 条、第 140 条之规定，判决如下：

    被告胡玉信和胡玉华赔偿原告姚成孝死亡补偿费
4876.5 元，丧葬费 500 元，误工费 70 元，被抚养人安置
费 22750 元，精神抚慰费 3000 元，共计 31196.5 元，其
中由被告胡玉信承担 80%，计 24957.2 元，由被告胡玉
华承担 20%，计 6239.3 元。

听完上面的消息，我不由心头长长地松了一口气。这口气既
为梁雨润，更为总算有个明白说法的畅春英及她一家。

"这个结果应该说对畅春英一家是个比较圆满的'说法'！"我
说。但我又想到了另一个问题，便忙问梁雨润："被告方胡氏兄弟
那边怎么样？"

"对方自然不服，说事情已经过了十几年，该吃的官司也吃
了，当时刑法既然没有规定附带民事赔偿，为什么现在要重新提
及民事赔偿？他们认为时效也已经过了，所以向运城市中级人民
法院提出了上诉……"

"你觉得运城中院最终判决的结果会是什么？"我不由又着急
起来。

"等着吧。是冤情的，人民法院总会给一个公正的结论。"梁

雨润充满信心，并对我说，"你再来运城时，会有结果的。"

"五一"前夕，梁雨润在电话中告诉我，"事情快有个圆满结果了"，如有机会希望我再去一趟运城。当然，我很快作出了决定，于是在人们欢庆"五一"长假时，我的行程目的地则是黄河边的那块晋南大地。

到运城后，梁雨润给我看了运城市中级人民法院前不久作出的对胡氏兄弟"驳回上诉，维持原判"的终审判决。中院的终审判决这样说：

> 经审理查明：原审判决（指河津市人民法院 2001 年10 月 26 日之判决——笔者注）认定没有出入。山西省运城市中级人民法院于 2001 年 8 月 10 日给河津市人民法院的公函载明：畅春英是受害人姚成孝的母亲，多次到中院申诉民事赔偿。市政法委、中院领导都十分重视。经中院审判委员会研究，根据最高人民法院《关于适用〈中华人民共和国民事诉讼法〉执行程序若干问题的解释》第 89 条之规定："附带民事诉讼应当在刑事案件的案件立案以后第一审判决宣告以前提起。有权提起附带民事诉讼的人在第一审判决宣告以前没有提起的，不得再提起附带民事诉讼，但可以在刑事判决生效后另行提

起民事诉讼……"本院认为：原审判决根据原审原告畅春英等多年来一直在向有关机关上访上告的事实，并依照运城市中级人民法院作出的公函，认定原审原告畅春英的诉讼请求，并未超过法定诉讼时效，且判令原审被告以各自的责任大小对其伤害所为给原审原告方造成的经济、精神损失进行赔偿，符合法律规定。上诉人胡玉信、胡玉华诉称畅春英的诉讼请求已超法定诉讼时效，理据不足，本院不予支持。故依照《中华人民共和国民事诉讼法》第153条第一款第一项之规定，判决如下：驳回上诉，维持原判。

……

至此，畅春英等了十三年的一宗悬案终于在梁雨润和河津市法院、运城市中级人民法院等部门的共同努力下，得到了彻底的解决。

法律给了一位农家妇女一个明白的说法。只是这个"明白的说法"来得太晚了，然而它毕竟来了！畅春英该让自己的两位亲人棺枢入土了——我从心底里这样期望。

"你想到畅春英家看一看吗？趁现在她家的两具棺材还没有入土……"到达运城的当晚，梁雨润就问我。

还用说，这是求之不得的。

第二天一早，梁雨润就带我一起来到100多里外的河津市小梁乡畅春英的家。这是我第一次见到畅春英。我无法相信站在我面前的这位满头白发、脸上布满刀形纹的"大娘"才大我十来岁！她一看梁雨润便哭得直不起双腿，嘴里不停地念叨着"救命恩人"四个字。这使我有时间粗粗地看了一下她家的房子，那正是一个残垣断壁的破宅基，三间正房尽是用黄土垒起的泥房，那所谓的墙壁多处脱露出可以过人的洞。走进畅春英的家时，我感到阵阵胆怯（向毛主席保证：如果没有很多旁人跟着，我是没有胆量独自进这房的）——三间土房，有两扇门，而两具装有死人的棺材对门而放，一看便可见得。置放了十三年的畅春英大儿子姚成孝的那口棺材，在左边的房间内，是死者生前住的地方。在这里，死者曾经与同村的一位姑娘成婚并生有一女，后来姚成孝被害后，他的媳妇带着姑娘离开了这间房子，独剩下死者冷冰冰地躺在这儿十三年有余……畅春英听说我也当过兵，更是老泪纵横地拿起原本放在棺材前的儿子遗像，一个劲儿地哭诉起她儿子在世时是如何地"有出息"。我拿起姚成孝的遗像，觉得小伙子真的长得很英俊，而他死得又多可惜！

我向棺柩内的死者默默致哀时，心头涌起万千痛楚：年轻人，你这样默默地躺下了，却让自己的父亲和母亲受了多少罪啊？！

在另一间灰暗小屋内，放置着的是另一具棺材，里面躺着的是1995年逝去的畅春英的丈夫、死者姚成孝可敬的父亲姚志忠。如果不是亲眼所见，我断定谁也无法想象畅春英家的"一贫如洗"：在那间十来平方米的小屋里，一边放着姚志忠的那具棺材，一边是具土炕，在这个不足2米的土炕上，畅春英和现年已是三十七岁的光棍二儿子同枕了十几个春秋。而在这样一个硬邦邦的冷炕上，我只看到一块补了几处大补丁的薄薄小床单……在这样一个破落的家庭里，纵有千金万银堆着，也不可能有哪家的闺女愿嫁进来。当我心存余悸急急地从畅春英家的屋子里退出的那一刻，悄悄冲梁雨润说了句耳语：罪过，我们欠这样的百姓太多了！

梁雨润默默看了我一眼，脸色铁青，好久没有吱声。片刻，他颇为自责地说：我悔恨自己为什么这么晚才知道她家的事！

我忙安慰：不是你知道得太晚，而是我们那些早知道此事的干部没有像你这样诚心诚意来解决问题。要不，不会弄得人家这么惨啊！

梁雨润若有所思地点点头，说，江总书记向全党提出要切实改变党的作风，绝不是一句空话，我们做实际工作的党员干部同志，真该深深反思反思了！

难道不是吗？

畅春英将儿子和丈夫的葬礼安排在"五一"长假期间，她有两个理由，一是平时大伙儿都忙，找不到人手。二是她最终期待法院的新判决能够顺利执行。

梁雨润知道其心思后，便有了主意。"五一"假期一到，机关的同事或回家休息或携妻带女奔名胜旅游去了，他却同妻子和女儿打了个招呼后，直往畅春英的小梁乡"奔丧"。"什么事都可以不办，但畅春英家两具置放了多年的棺材无论如何也该圆圆满满地入地安葬，这是咱当干部的欠人家的一份情啊！"梁雨润这么对我说。

在我与梁雨润的接触中，我知道他是位说话铮铮有声、踩土实实有印的人。

"五一"那一天我正在北京的家中修改稿子，其实心头一直在挂念着山西梁雨润如何使畅春英家的两具棺材安然入土的事。上午下午曾经几次拿起电话想给梁雨润书记的手机打，可还是放下了，我不想再给他压力了——他在那儿已经压力够大了。另则我想如果顺利的话，他一定会给我打电话的。然而这一天没有他的电话来，晚上10点时，我终于忍不住地拿起电话，可对方的手机关着，这更让我吃惊和担忧起来，白天他由于会多而往往手机关着，但晚上10点至第二天清晨，他的手机是从不关的呀！我心头悬着。

不知畅春英家又有什么新的麻烦。

这一夜我辗转难眠。

第二章

5月2日，当我吃过早餐后，有些迫不及待地拿起了电话。

"喂，是何作家吗？我现在正在畅春英家呀！昨天？喔，对不起，昨天本来我要来畅春英家的，可一早起床后感到胸闷，浑身乏力，家人急得把我送到了医院，结果没有来成。今天医生还是不让我动，可不行啊，我必须争取利用这个'五一'假期把畅春英家的事处理了，否则节后一忙又不知拖多少日子呀！"是梁雨润书记的声音。

"事情进展得怎么样啦？"我问。

"我现在正在进一步做畅春英的工作，她还是担心法院的判决能否执行，所以……"

"所以她还是不想把两具棺材埋了？"我最为梁雨润担心的事还是发生了，于是很着急地问，"那你现在有什么办法呢？"

梁雨润："做工作呗！另外我向河津市法院打听了一下，主要是运城市中院的终审下来后，畅春英本人没有主动向河津市法院提出执行申请，这是她不太清楚法律程序，所以事情耽误了……"

"这个问题应该好办，让她马上写份东西向法院提出嘛！"我说。

"是的。我正在找律师帮她做。不过不巧，这几天法院不是也在放假嘛。"

这可是有点"天不助梁雨润"呀！但我马上听到他说："这事我正在与河津市的法院院长联系，争取他配合……喂，何作家，对不起，手机快没电了，先说到这儿吧，我马上要到畅春英的一个亲戚家，希望他一起做做畅春英的工作……"

"嘟，嘟，嘟……"电话断了。我的心也跟着又悬在半空。

3号一天梁雨润没有来电话，我也不敢打扰他。

4号午饭前，我又忍不住拿起电话。

"喂喂，何作家吗？告诉你，事情进展已经差不多了，定在8号棺材入土，现在我还在小梁乡，你放心好了！我这儿正忙着给市、乡、村三级干部商量畅春英家的丧事怎么个安排，到时再跟你说具体情况啊……"听得出，梁雨润正在给干部们开会。

我知道此刻不便再打扰他。

后来我知道，虽然梁雨润在电话里跟我说得很简单，其实工作的难度一直非常大。

2号下午，他在放下跟我的通话后，就直奔河津市，找到畅春英家的一个亲戚，是现在河津市公安局当副局长的胡文成。老胡今年五十六岁，因机构改革，"五一"结束后他就要从副局长的位子上下来了，趁这个假期原准备在3号带着全家动身到西安旅行去。梁雨润的到来，使老胡感慨万千，他说：梁书记啊，我在河津工作了几十年，什么案子都执行了，唯独我表嫂畅春英这事难办。你是上级领导，"五一"长假都不休息，跑来为老百姓办这么难的事。我全家明天也不去西安玩了，老胡我一定配合你做好我表嫂家的工作。

梁雨润谢过胡文成后，3号又到小梁乡政府，召开了市、乡、村三级干部会议，商定成立了由乡村主要领导、乡纪检书记、司法民政助理员、村民代表和畅春英亲属等代表组成的畅春英家"丧事处理小组"，一一安排整个埋葬两具棺材的具体事宜。

但就在这时，畅春英由于没有见到政府的困难救济和法院的执行，对什么时候安葬棺材一事迟迟不吐口。抱病下乡的梁雨润左右做工作，疲惫不堪，3号晚上病情加重，住进医院。可他顾不得自己的身体，在病榻头打电话给小梁乡党委书记和乡长。小梁乡书记李明和乡长吕印发当即表示："梁书记你放心，畅春英家安葬费用民政部门因为放假一时拿不出钱，我们自己掏腰包先筹

5000 元，现在就给畅春英送去！"

"谢谢你们了！"梁雨润躺在病榻上，非常感动。

"要谢也得谢你梁书记呀！要不是你，我们是不可能解决得了畅春英家的事的。"小梁乡书记、乡长掏着心窝说。

法院那边这时也有了话。河津市法院院长向梁雨润保证道：急事急办，特事特办，我们一定想办法，在明天前把畅春英申请执行的 3 万多元钱送到她手里。

"好，明天我们一起到畅春英家去！"梁雨润一激动，顺手将手臂上的针头拔了下来。

妻子急了："你不要命了？还有两瓶药水没挂呢！"

梁雨润笑笑："我的病好了！明天还要上小梁乡去……"

明天——就是 5 号。这一天上午，梁雨润和河津市法院院长，小梁乡党委书记、乡长等人，再次来到畅春英家，他亲手把剩余的 15000 元政府困难补助交给了畅春英，法院院长也把畅春英儿子姚成孝一案当年应该判给畅春英一家的民事赔偿 31196.5 元，如数交到了畅春英手上。

"梁书记——我替死去的儿子和他爸，谢谢党，谢谢政府，谢谢你这样的好干部啊……"畅春英接过钱时，抖动着双手，哽咽得就是说不出第二句话。

此时，葬礼正式确定在 8 号举行。

5 号、6 号，很少下雨的晋南大地，突然大雨飘飘，仿佛天公也在为人间发生的这一幕落泪。由梁雨润亲自组织指挥的几十人挖掘坟茔的队伍，正在冒雨战斗……

7 号。运城市委书记黄有泉找来梁雨润，听取他汇报处理畅春英家一事的过程。其间，黄书记两度感怀落泪，他对梁雨润说：我们党的干部，就应该像你这样，切实转变作风，要以办实事、干真事、不把事情办好不撒手的劲头，去为老百姓服务，去关心人民群众的疾苦，去解决他们的难题，这才是真正身体力行江总书记的"三个代表"。黄书记并对梁雨润在处理过程中的每个细节都作了具体指示。

8 号清晨，梁雨润带运城市委、市纪委的同志和河津市、乡、村三级干部前往畅春英家参加埋棺入土的葬礼。临行，多次过问和关心"畅春英事件"的运城市政府王守祯市长、市纪委周书记也特意向梁雨润下达两条指示：一是带去他们对畅春英一家的慰问，二是一定要圆满完成好死者姚成孝及姚志忠的灵柩入土工作，并希望河津市乡村干部今后继续关心畅春英的生活。

当日 11 时，梁雨润一行和河津市、乡、村三级主要领导，到达畅春英家。一切准备就绪的葬礼开始——

"起灵——"葬礼的主持一声令下，顿时，哀乐齐鸣。白色的纸钱在空中飞飞扬扬……

放在姚家分别已有十三年和七年的两具棺材缓缓起动。梁雨润和市、乡、村干部们争着上前抬起死者的灵柩，并随着此起彼伏、凄婉悲恸的哀乐，一步一步地走出姚家那座破落的院庭，走出小村那条弯曲的小道，踏上送葬之途。

这是一个当地从未有过的特殊葬礼。它等了太久，它不该等这么久！然而它毕竟来了。

已是满头白发、眼睛都哭得半瞎的畅春英，此刻一步一躬，既像是对死者疚意的哀悼，又像是对梁雨润等干部们参加葬礼而表示的一种乏力的谢意。然而谁也不会真正知道这位过早失去两个亲人、饱受悲痛与生活沧桑的农家妇人此刻心头的世界。只有她撕心裂肺的号喊声（她已经无法哭了）回荡在田野，回荡在山谷，乡亲们听着她的号喊声纷纷走出家门，拭着泪水，一起加入了葬礼的队伍，长长的送葬队伍因此延伸至一二里外……

结束葬礼后，我见到了梁雨润。他的脸上几日不见一丝笑容，一向话语不断的他，在我面前沉默又沉默。终于有一天，他对天长叹一声后，对我说：我要是能分出身子多好，还有许多老百姓需要我们去帮助他们解决难处和困难啊！

静声数分钟后，我说：该自责的不是你。如果我们每一个共产党人心头能真正想着老百姓的事，并且实实在在地去工作，8000多万人的先锋队伍一定会让我们的人民感到满意，我们的国家也会是另一个样子。

"我的事对你写作还有用吗？"他听后终于露出了笑容，并问。

"当然。"我告诉他，其实这话我是想告诉读者的。

在中国的地图上，人们还真不太容易找到夏县这个地名。因为它小，因为它偏，更因为它穷，穷得到了全国最贫困县之列。但这儿的百姓感到的不仅仅是一个"穷"字。说穷穷不过旧社会，穷不过当年黄河水泛滥的那年份吧？

然而夏县的百姓已有些年头感到自己的心情怎么说也是不舒坦的。什么原因？是政府的问题？好像又不是，政府是人民的政府，人民的政府怎么会让自己的百姓心情不舒坦呢？可，可这日子就是这么不舒坦。

咋回事嘛？！百姓开始一天天寻找着答案。答案难找啊。

天，还是共产党的天；地，还是共产党的地。天下还都是咱人民的天下。但人民的天下为什么人民自己的心里就像棉絮堵着一样？那些生活依然过得苦涩的百姓自然还在天天巴望着能有个好年成，这样一年的肚子就不会饿着了，孩子上学的学费就有着落了。对他们来说，这便是最好的企求了。穷人的心头整日整年压着一块石头算是正常的事，那么靠邓小平政策致富了的人该有个舒心日子吧。然而夏县的那些靠政策靠勤劳致富的百姓的心头也像压着一块块石头似的。他们的心里甚至比那些过苦日子的人还愁，这又是为什么？是啊，为什么？为什么咱今天端着吃肉的饭碗，却也还要嘴里不停地骂娘呢？

1998 年 6 月 12 日，梁雨润奉命出任夏县纪委书记。他来到夏县的第一感觉就是这个。他在寻找答案。

来夏县当纪委书记之前，梁雨润在地区行署机关当纪委书记，虽然工作上和县里接触不是很多，但关于夏县的情况他早有所耳闻。这个穷县，却有"四多"远近闻名：告状的多，上访的多，恶性案件多，集体闹事的多。每年总有几回在太原省政府大门前闹事静坐的是夏县的人。至于梁雨润所在单位的运城市委、市政府门前的集体闹事事件中，更少不了夏县人。

梁雨润接到地委的任命通知后，他心里沉甸甸的：夏县的问题到底出在何处？我这个纪委书记咋个当法？

接到调任通知的第二天，梁雨润便到夏县报到。按惯例，头几天县里几套班子，都要认识和熟悉一下，好在今后彼此有个照应。相关部门一圈走下来就是四天，办公室主任把相关的"到任走访日程安排"给梁雨润拿过来。长长的细目，一直排了半个多月时间。

"我说主任同志，我是来工作的，可不是来串门子的呀！这走完县四大班子，再走县直机关，再到各乡镇，还不得一个月？"梁雨润急了，新任夏县纪委书记后第一次说话提高了嗓门儿。

"可每回新书记来的前几个月都是这么着的。"主任小声地说。

"那就从我开始断了这种习惯。"梁雨润挥挥手，说，"今天下班之前，请通知信访室把近期的群众告状信拿给我，明天我就正式开始工作。"

到任的第五天早晨，梁雨润恢复了多少年来养成的习惯：每天早晨6点起床，走在街头顺路吃点早点，然后再回办公室上班。现在跟在地委工作不一样了，他的办公室和"家"都在一间30多平方米的房子里。所以，等同事们8点钟上班刚刚踏进办公室时，梁雨润便心急火燎地找到纪委信访室主任老胡："我说老胡啊，有个你们姓胡的本家那封上访信你看过没有？"

"本家？就是那个胡正来吧？"

"对，就是他。为什么人家上访了300多次还不给解决？"梁雨润握着那封皱巴巴的群众来信的手在微微发抖，"让这个胡老汉告到什么时候才有尽头呀？啊？我说老胡你这个信访室主任是怎么当的？"

老胡摇摇头，皱着眉头说："你不知道，梁书记，这事……难哪。你新来乍到，这类厘不清头绪的烂事，最好先放一放。"

"放？放到什么时候？人家一个平民百姓，在两年多时间里，上访了300多次，几乎两天就要往县城里跑一趟，你想过没有，两天上访一次！这人是埝掌镇的吧？这个埝掌镇我去过，是在山上的那个乡吧？那儿距咱县城少说也有五六十里路。人家上访了300多次。来回得走多少路啊？"

信访室主任老胡长叹一声，不吱声了。

"上午我在纪委还有一个常委会，吃完中午饭我们就上山。你备车去。"梁雨润说。

6月下旬，正值盛夏时节，吉普车在干旱的黄土高原上飞驰，扬起漫天尘土。胡正来所在的埝掌镇高居横亘百里的中条山上。这里的路难行是梁雨润预先不曾想到过的，难怪当年共产党和国民党的抗日游击战都选择这中条山做自己的屏障，1943年那日本鬼子多疯狂，可是到了中条山跟前就再也神气不了，几仗下来，就再不敢上山一步。解放了，中条山回归到人民的手中，但由于这儿的自然条件恶劣，居住在山上的百姓生活一直很贫穷。即使是今天，他们仍然不富裕。多数人仍住在土窑洞之中，几个月前我来到这里采访时所看到的一切，印象特别地深。在这里，似乎只有个别富裕人家的电视机，才使这片古老的土地与现代化的今天有了一丝连接。但当我从许多农民的土窑洞里看到他们的泥墙上仍端端正正地挂着一幅毛主席画像和那个"听毛主席话，跟共产党走"的条幅时，我心头的强烈感受是：这儿的老百姓对大救星毛主席和共产党的那份感情特别地深，就像对他们脚下的那片永远不太可能使他们富裕却又永远无法离开的土地一样怀有深厚的情感。

扯远了。还是跟着梁雨润他们的车子走。

梁雨润和信访室老胡他们上山时，这儿的路还是一条晴天是路雨天是沟的土道，不过好在这儿一年下不了几场雨，土道人走多了也会变成一条能使拖拉机和马车之类的交通工具行走的路了。原在地委机关经常下乡的梁雨润熟知情况，他今天没有坐"桑塔纳"，而是坐了一辆吉普车。这吉普车上山是强项，但在炎热干燥的盛夏时分，坐在吉普车里面的人却受大罪了，如同关在闷罐车内一般，外面扬尘飞舞，车内的人儿汗雨掺夹着粉尘，活像一个个泥菩萨。

"嘟嘟……"

"谁的 BP 机在响？"老胡抹了一把汗尘，询问道。

"我的。"司机说着一手掌稳方向盘，一手摸着腰端的小玩意儿，然后他把车停了下来，"梁书记，你去不成山上了。"

"咋？什么事？"梁雨润问。

"县委办公室打电话来，请你马上回去，说下午各乡的党代表都到会了，务必请你回去，跟这些代表见见面。"

"哎呀，明天就要开党代表的换届会了。梁书记，这个当口你必须回去！"老胡着急道。

"为什么？"梁雨润问。

"这你还不比我清楚？你没听人说？现今当官天不怕地不怕，就怕换届选举这一天。再说你是新来的，虽说上级调任你到咱这儿当纪委书记，可要是在党代会上选不上，那就……"老胡偷偷地看了一眼比自己年少五六岁的这位地区机关来的新上司，心头一团着急。

梁雨润听完老胡的话后，没有说半个字。他微微地将头转向弯曲绵延的崎岖山路，那张国字脸上映出一团深深的疑虑。是啊，这个"见面"和"拜会"太重要了，用现今官场上私下流行的话说，这可是立竿见影的拉票时刻，何况我梁雨润是初来乍到夏县，各乡的代表谁认识我梁某呀？在正式开会之前利用一点时间同代表们见见面，联络联络"感情"实在是很必要。不然一旦在党代会上自己失票而不能当选，组织的一纸调令也等于放了一回空炮。空炮还不打紧，可怕的是要真是那样的话，我梁某的政治前途兴许就从此彻底完了。这不明摆着：现今当官的，假如组织已经"安排"定了，结果选举时落选了，你这个官怎么还有可能被重用？而且，令梁雨润不得不考虑的是，在运城、在夏县这块土地上，啥事不能发生呀？有个乡干部，为拉票竟能使出招数把上级的意图来了个全面颠覆；不久前在运城不是还出现了一位局长为竞选当副市长，高价贿赂了几十个人大代表？如果不是有人关键时刻倒戈，说不准人家真的当上副市长了。这些都是在运城地区相继出现的并且已经曝了光的选举丑闻。但沉在水面下的那些选举交易就没有了？有，太有了！梁雨润在运城市政府机关工作了二十多年，啥事没耳闻目睹过？但他没有想到的是，眼下这么件意外的事却像一座大山似的横亘在自己的面前让他几乎有点措手不及……

"走，继续上山！"他拍了拍身上的尘土，朝老胡挥挥手，自己先钻进了车内。

"不行！梁……梁书记，严格说你这个书记还只是个预备的，只有经过了党代会正式选举后才算真格的。你不是一点不知咱夏县的情况，要真因为你没有让代表们认识而丢了选票，我们的纪委工作咋个开展呀？"老胡犟着劲儿不上车，命令司机倒车。

"老胡——你给我上车！"梁雨润凭着年轻力大，一把将瘦小的信访室主任拉上车，然后高声命令司机："朝山上开！"

吉普车重新加大马力，在弯曲的山路上颠颠簸簸地艰难行进着。

"梁书记，你这样的作风在夏县会吃大亏的。不信你走着瞧吧——！"老胡弯着腰，对着梁雨润的耳朵大声说道。

"哈哈哈，老胡啊，对你实话实说：如果山上的那位农民的冤情属实，我们又能及时帮他解决了，我觉得这样的1票远比下山向那些代表们拱手作揖得来的100票要值得多呀！"

信访室主任听完这话，不由对这位新来的书记重新从头到脚打量了一番，然后在心底满意地笑了笑。这一笑，使这位比梁雨润年长五六岁的老同志从此甘心情愿地跟着这位新书记开始了疏松夏县这块僵硬板结土地的艰辛工作。

七弯八拐，吉普车拖着长长的尾尘，在一座土窑洞前停下。

"老胡，胡正来，你快出来，我们是县上来的，梁书记来看你们来啦！"老胡一边拍打着满头尘土，一边朝窑洞内直起嗓子喊着。

这时从土窑洞内走出一个五十开外的老农，他愣了一下，朝喊他的老胡点点头，说认得你，你是县上信访室的。

"哎呀胡主任，你这大热天的咋跑到我这儿来了？"胡正来很是惊诧。

"我是陪梁书记来的。你快来见梁书记，他是专程来看你的，想给你解决问题呢！"老胡把胡正来领到梁雨润面前。

胡正来面对着梁雨润，不敢相信信访室主任的话。"胡主任你就别拿我们小老百姓取乐了。我这儿咋会有县上的书记来嘛！"

"哎，你这个胡正来，这就是梁书记，是我们县上新来的纪委梁书记，他就是专门来看你的嘛！"信访室老胡急得不知所措，最后还是梁雨润书记自己出来对胡正来说个明白。

"老胡啊，我是新来夏县工作的梁雨润。今天专程来听你说说你们家的事，咱们进你窑洞里说好不好啊？"

"你……你真是县上的梁、梁书记？"

胡正来怔怔地在原地打量着梁雨润，当梁雨润向他点头时，胡正来突然转身朝窑洞内大喊起来："娃儿他妈，快出来！出来！县上的梁书记来看我们啦！快，快出来见梁书记——！"

这时，窑洞的那块旧门帘掀开一角，一位满头白发、神志看上去恍恍惚惚的老农妇走了出来。"来，快来，见过梁书记……"胡正来拉过妻子的手，两人突然"扑通"一下全都跪在了梁雨润跟前……

"梁书记啊，你，你咋就亲自辛辛苦苦来看我们了？这几年我到处找官不见官，现在你却自己大老远跑到山上，我们……我们说啥好？你一定得给我们伸这个冤啊……"胡正来夫妇说到这儿，早已泣不成声，接着便是"咚咚咚"地朝梁雨润磕起头来。

"别、别，二位老人家，你们快起来，快起来——"梁雨润不曾想到他来到夏县与百姓第一次见面竟然是受了不少冤屈的父老乡亲给自己下跪磕头。他惊慌之余，瞅着眼前两位老人的哭诉，忍不住满眼含泪，心头无比愧疚："是我们当干部的工作没有做好。不该你们给我磕头，是我们这些当公仆的人该向你们磕头才是。别急，咱们坐下来慢慢谈。只要你们反映的事属实，我一定会帮你们伸冤的。来来，慢慢说……"

当胡正来夫妇拉着梁雨润坐进窑洞的土炕上，将事情的原委一五一十地给讲清后，素来办事稳重的梁雨润无法平静了，他"噌"地站起来，大巴掌重重地落在了胡家仅有的那张方桌上："共产党的天下，竟然有人敢如此欺压百姓！老胡你放心，只要事情查实，我保证十天之内让他们把该给你们家的钱全部退回来！"

"梁书记，有你这句话，我胡正来这几年跑了300多趟县上算没白搭。死去的娃儿也该闭上眼了，你瞅孩子他妈，就为这事，这一年多时间，头发全白了。现在连下地都不能下，整天只知道往儿子的坟地上堆土……苦啊，梁书记，咱老百姓的冤就盼您这样的好领导呀。呜呜呜……"老汉胡正来拉着梁雨润的手，在老伴的头上轻轻一拨，便见几缕白发掉在手心。

梁雨润将白发接到自己的手中，再看看坐在炕上只顾自个儿用旧报纸做着纸钱的胡妻，心头不由打了几个冷战。

"老胡，你等我的消息吧——"梁雨润转过身子，擦了把已经溢出的泪水，对信访室主任和司机挥挥手说："走，回县城！"

吉普车依着弯曲绵延的原路，像一艘行驶在风浪中的小舟，猛烈地起伏颠簸着。一路上，梁雨润一言不发，可他的心底却比这行驶在山路上的吉普车更加起伏跌宕。

是啊，胡老汉说得好啊，这样的事不该出在我们共产党领导的天下呀，可它又偏偏是出在我们共产党的鼻子底下，而且干这种缺德损民的事的竟然还有一些是"共产党员"和有共产党招牌的政法干部！

真是混账！

胡正来家出的这种事，不能不令梁雨润感到气愤至极。

事情的缘由是这样的：1996 年 9 月的一天，胡正来老夫妻俩正在地里干活，突然有人传来口信，让胡正来一家赶紧上太原，说他们正在太原打工的儿子胡宏鸽出了事。到底出什么事，来的人没说清楚，但显然是出了大事，要不然咋让一个打工者的家属全家往几百里之外的省城里赶呢？胡正来老两口一听就瘫了，为啥？因为他们的儿子是全家唯一能为家里挣回些现钱的顶梁柱，再说儿子才刚刚结婚半年，小媳妇李雪梅连个身孕还没有哩。

爸、妈，宏鸽到底出什么事了？媳妇一路问公婆，问得公婆急也不是缓也不是，只有默默流泪和乞求天王老爷开恩不要降灾难到他们这户中条山上的贫苦人家。

然而天王老爷不开恩。到太原后胡家才知道他们全家的顶梁柱已死于非命，胡宏鸽在做工时不幸触电致死。胡正来老夫妻和小媳妇哭得昏天黑地，但人去鹤飞，胡家除了留下无边的痛苦，便是儿子打工的那个单位给的 1.7 万元赔偿费。

世上什么人的命最不值钱？当然是穷人的命。胡正来老夫妻手捧着儿子用生命换来的 1.7 万元钱，更感到悲恸欲绝。因为他们心头不仅要承受老年失子的不尽苦楚，更让他们担忧的是在失去儿子之后，他们的这个家将可能面临解体。你想呢，儿媳妇年纪轻轻，没了丈夫，身边又没孩子，咋说人家也该有选择自己未来的权利吧？

儿子没啦，家里垮了一半，老头子你说啥也不能让她再离开我们家，要不等老了谁来为我们送终？胡正来的老伴把儿子用命换来的 1.7 万元钱紧紧地裹在贴身布袋里，一边悄悄对老头子说，一边不停地抹着如泉般泻下的眼泪。

老伴胡正来只得无奈地对着苍天长吁短叹。

回到家，胡正来在儿子的坟头添完最后一铲黄土后，便从老伴手中要过了那 1.7 万元钱，然后一张一张地数了个无数遍。而每清点一遍，他心头便多一分惆怅：咱中条山上的农家人，就是干一辈子也未必见得着这么多钱。儿啊，你是想用自己的命来保你娘和我寿终正寝。我的好儿，儿啊……

这一夜，从没在外人面前流过泪的胡正来，搂着儿子的遗像整整哭了一宿。第二天一早，他便下山来到了乡农业信用社储蓄所，将 1.7 万元钱存了进去。

回到家，老胡觉得该给儿媳妇有个交代，便将存钱的事告诉了儿媳妇李雪梅。

当时李雪梅虽然有些不太高兴，但也没有说其他的，反过来安慰老两口，说你们尽管放心，宏鸽不在了，我还是你们的闺女，等机会合适了我招个女婿回来好为你们养老送终。

哎，好闺女，有你这话我们就放心了。失去儿子的老两口要的就是媳妇这句话。在中国农村，几千年来始终遵循着这样一条不变的规律：含辛茹苦把儿女抚养成人，为的就是他们能够将来给父母养老送终。胡正来两口子当时已经都是六十好几的人了，这对老夫妻打成亲那天开始就没有离开过黄土地和那个土窑洞，所以也就没有跟贫穷的日子和艰辛的岁月脱离过。当儿子第一次出远门从太原托人带回第一笔200元钱时，老两口乐得按捺不住那喜悦的心情，逢人都要说一声他们家的儿现在有出息了，能在外头挣"工资"给他们老两口了，可把乡里乡亲给惹红了眼。

唉，老天瞎眼呀，才不到半年工夫，好端端的儿子没了，没了儿子的老胡夫妻像一对离了土的枯蒂莲，整天唉声叹气，虽然儿媳的话说得很甜蜜，但老两口的心总是随着太阳一起升上落下。为啥？他们怕呀，怕天一黑，已经断了"线"的儿媳妇会突然远走高飞。

那些日子是怎么过来的，老胡提起这话便会忍不住抹眼泪：老伴几乎天天整夜不敢睡个囫囵觉，时常要比儿媳睡得晚起得早，而且半夜常常起床装模作样关关门看一看鸡棚的闩，其实都是为了"盯"住儿媳。另一方面，老两口在明里还不断托人给李雪梅找对象，他们想这是可以让娃儿留在胡家生根的最好办法。

可胡老夫妇所做的这一切其实没有起到任何作用，自丈夫死后，抹干眼泪后的李雪梅已经开始盘算着自己的未来，只是这一切都做得不动半点声色。

"哎呀老头，快快，怨死我了怨死我了！啊呜呜——我的天你咋不睁眼啊？你叫我咋个活法呀？老天爷呀——"老胡这一天还在梦里，老伴突然在院子里哭天喊地起来。

啥？她真就跑啦？老胡往儿媳妇房头一看：可不，人家连床头的被子都卷走了……

唉，娃儿毕竟是外人，又年纪轻轻的，理该找自己的热被窝去。老胡强忍着泪，将昏倒在地的老伴扶起，一口闷在心头的鲜血溅在炕头。

不该是胡家的人就永远不会姓胡。可是令胡正来老两口万万没有料到的是仅仅在儿媳离家十天之后，在一个天色已黑的傍晚，几个身着制服的县法院法警，耀武扬威地跑到胡正来的土窑洞前，大声嚷嚷道："这儿是胡正来家吗？快出来！胡正来！"

老汉胡正来还从没在自己家门口见过这么个阵势，连忙放下饭碗从土炕头迎出来："什么事呀，警察……警察同志？"

"你们家的儿媳妇李雪梅是不是离开你们家啦？"一个法警手叉着腰，官气十足地在胡家的窑洞前边走边问道。

"是，她头十天就走了……"胡正来不明来人其意，如实说道。

"你们知道她为什么走吗？"

胡正来和老伴摇摇头。

"她是另找婆家啦！"那法警"嘿嘿"一声干笑，说，"婚姻自由，是国家法律所允许的，你们想拦也是拦不住的。"

胡正来与老伴面面相觑，不知说什么为好。

"虽说她人走了，但她还是你们儿子的财产继承人，所以今天我们来是为了给李雪梅执行她那份应得的财产归属权的。你们听好了，我们是县法院的，据原告李雪梅称，在她的丈夫死后你们家得到过一笔1.7万元的抚恤金。按照国家民事法规定，李雪梅是你们儿子财产的第一继承人，所以法院判那笔抚恤金应该给李雪梅。"为首的那个法警从口袋里掏出一份皱巴巴的纸团，在空中扬了扬，对胡正来说："这是法院判决书。我们今天是来为当事人取回那笔抚恤金的。你要配合人民法院的工作，快把那笔钱交出来由我们转交给原告李雪梅，否则——"

"否则咋样？"胡正来的老伴双手颤巍巍地上前拉住法警的衣角儿，问。

"否则？当然是我们带走他！"法警指指胡正来。

"天哪，这是什么王法？你们，要带你们就带我走，带我到儿子那儿去——"胡正来的老伴"扑通"一下倒在地上，一声撕心裂肺的"儿啊——"震得窑洞的松土瑟瑟掉落。

"不像话。既然你们是县法院的，难道不懂得执法的最基本常识吗？"就在这时，胡正来家的另一个土窑洞里走出一个干部模样的中年人来，他气愤地大步走到那几个法警面前大声责问道。

"你，你是谁？"为首的法警惊慌失措地问。

"我是谁并不重要。不过也没有必要对你隐瞒什么。"那中年人瞪了法警一眼，说，"我是市民政局办公室主任，是市委派来驻老胡他们村的扶贫干部。顺便我想把在普法时跟你们法院的人学到的一点常识向你们'求证'一下，那就是法院在处理案件时，最先的一步是对当事人发传票，在没有发出传票时就进行具体的执行程序，法警先生如果我没有说错的话，恐怕首先违法的是你们自己吧？"

"这——"方才还不可一世的那个法警，没想到半途会杀出这么个"程咬金"，很不服气地瞅了一眼那位扶贫干部，叽里咕噜地支吾了几声，说，"胡正来，你听着，今天算我们专程来给你发传票，不过话说在前头，当事人李雪梅要抚恤金是早晚的事，你必须随时准备拿出来。走，回城！"

几个法警没好气地出了胡家小院，登上警车一溜烟儿地消失在夜幕之中。

胡正来老两口打出生在中条山这块黄梁山岗起，就没有离开过土窑洞，哪见过今天这阵势。儿子为别人打工，因电击死了给家里带来一笔抚恤金，照说也算给悲痛欲绝的父母双亲一点点补偿。儿子死了，儿媳妇不辞而别，丢下孤苦伶仃的老两口不说，还要拿走胡家的这么点"命根钱"。这里特别要说明一下，那李雪梅跟胡正来那个死去的儿子胡宏鸽实际上没有办理正式结婚手续，只是同居了半年，后被法院判为"事实婚姻"。且不管"事实婚姻"还是正式婚姻，胡正来老两口想不通：儿子是他们生的，即使儿子娶了媳妇，可他们还没有分家，现在儿子死了，带回一笔抚恤金，总该也有当父母的一份吧？这对老实巴交的农民，虽然不懂多深奥的法理，但他们在想情理之中的事。法院怎么啦？按理说人民法院是为人民秉公办事的，可他们怎么就像专门欺压老实人似的。

第三章

老两口这一夜就没有合过眼，寻思着怎样理会法院的"传票"。全家唯一的顶梁柱倒了，却还要为死去的儿子打官司。老夫妇俩抱着儿子的遗像一直哭到天明。

他们企盼天明后太阳不要从西边出来。

这是咋的啦？太阳真的从西边出来啦！

"老天咋专跟我们穷苦人过不去啊！老天爷，你倒说话呀？说话呀？"第二天，胡正来的老伴听乡信用社的人说他们存的那笔抚恤金已经被法院的人带着"手续"提走，叫了一声"老天爷你开开眼"，便再也分不清东南西北了——好端端的一个人，从此变成了"疯子"，那原是花白的头发也一夜之间变成了一片银白。

可怜的胡正来老汉，一边看着儿子的遗像，一边看着蓬头垢面的疯老太，心如刀割。他不明白共产党的天下咋会有衙门里的人这么不讲理，这么为所欲为，无法无天，可以将别人的钱随意借手中的权力拿走！

胡正来不信这天变了。他相信毛主席的两句话："政府是人民的"，现在的天下是"共产党的"。打那天起，年近七十的胡正来老汉，开始了一次次寻求希望，"下山上访"。在这之后的两年多时间里，他几乎每两天下山一次，先步行十几里山路，到乡政府所在地搭乘去县城的汽车。再在县城找一个又一个"衙门"。他找到县人大，人大的人告诉他应该找检察院，检察院的人对他说是法院办案有错，应该找法院。那都是大门口挂着国徽的人民政府机关，胡正来老汉心怀 100 个希望和信任，所以人家怎么说他就怎么做。今天人大的人下班了，他明天再来；明天检察院的人说这两天忙其他事，他就改后天再来。法院的人说你这事要改判不那么容易，不是一天两天的事，他就说那我隔三差五来听你们的消息。总之一句话，人家说什么，他听什么；人家让怎么办，他就怎么办。人家是人民政府的官员，得听人家的话。胡正来老汉一次次顶风冒雨，每次往返行程几十公里山上山下不停地跑，有人就说你在城里又没认识的人，这样的事即使跑断腿也是白搭。

胡正来不信，他说县委县政府的大门口都写着"为人民服务"五个大字，有这五个大字，我就有希望告赢这场官司。

从 1997 年 1 月 26 日，法院的人从信用社私自取走胡家那笔抚恤金之日起，到1998年的4月份，胡正来前前后后下山300多回，每一次来回上百里路。这中间有多少个风雨交加、烈日炎炎的日子，胡正来自己也记不清。他只记得有几次为了等候法院和其他政府部门的那些"说话算数的人"，他得一清早在人家还没有进办公室就在大门口堵住他们。从山上下来再搭车到县城，就是早班车也得在八九点钟进城，花去前后的时间，再想见那些"说话算数的"头头脑脑们，几乎是不可能的事。为这，胡正来自己说少算也有二十来次为了在第二天见到"说话算数的"那些人，自己就得在头天下午2点钟下山，走上一个小时，再搭上去县城的最后一班车。到了县城后就得寻找某个旮旯角落，露天里凑合一夜，这样好在第二天能搭上"上访早班车"。谁都知道现在没有钱是打不成官司的，即使有钱也未必能打赢官司。胡正来老汉本来家里就穷得只有一孔土窑和一个土炕，再就是一年也收不到几袋粮食的几亩旱地。为了省出每一分钱，胡正来老汉出门时烤上两张玉米饼，一张留给疯老伴吃，一张留给自己路上吃。可到了县城，常常因为要见那些没有个准时的"说话算数的"人，他不得不改变自己的行程，这一改，带在身边的一张玉米饼便再也不够吃了。饿了，忍着；渴了，找个水龙头"咕嘟咕嘟"喝上几口。或许人们知道上访的人可怜或可气，却从来不了解上访的人多数还有着不为人所知的种种凄惨情景。

胡正来是个不善表达的庄稼汉，但只要他一回忆起上访的日子，那双有些混浊的眼里就会掉下眼泪。他只说有几次上了县城走了一个又一个部门后，人家总是爱搭不理地打发他"回去等候"，他只好无奈地出了县城。搭车到乡政府所在地后，就得自己步行上山，胡正来老汉说那十几里山路是最难走的。又饥又渴，又疲又惫，尤其是失望加气愤交织在一起，"那时候，我几次跌倒了就不想再坐起来。看看身底下的黄土，捏一把，扬扬手就飞走了，留下光秃秃的山丘给我们这些庄稼汉，让我们祖祖辈辈流汗流血却收不回几粒苞谷填饱肚子。再看看天上的星星，高高地悬在天上只知道可怜地朝我们眨眨眼，啥也帮不上忙。那时我真想一死了事……"

据村里的干部介绍，胡正来老汉在为儿子的后事而进行的一次次上访之中，不仅荒废了几茬庄稼，老伴的病也顾不得医治，家里几乎连锅都揭不开了。村上的干部和乡亲们实在看不过去，同时也对"上面"的一些机关办事拖拖沓沓、不负责的做法气愤至极，纷纷向胡家伸出援助之手。村支书等人甚至帮着上县城一起上访有关部门。就是村里小学校的娃儿见上访的胡老汉路过他们学校时也会上前掰半块饼或塞上一两毛钱支持这位"打官司爷爷"。

然而，不知今天的某些政府的某些人到底怎么了，一件本来清清楚楚、简简单单的事，就是你推我我推你，最后总是在"一定、一定"中办不了，办不完，办不定。胡正来老汉后来明白了一个理：他的事，凡他见过的领导干部们都说应该纠正，可就是落实不下去的原因只有两个：一是他是一介平平常常的无权无势的普通百姓；二是办错案的人都有"背景"。胡正来心想：我是啥人？一个祖祖辈辈在山上住着的老农民，要什么没什么，就是跑断了腿也未必有结果。

　　唉，儿啊，爹什么都不怨，只怨当初你说到山外的城里打工能给家里挣点钱，我没拦住你。你不出山，咱爷儿俩再穷，穷得啃黄土泥巴也不会轻易命归黄泉的。如今倒好，你走了，还留下无尽头的官司让你爹和娘受着……娃儿，咱家到底谁作的孽啊？儿啊，你说，你说呀，爹想听个明白，啊——！

　　在用完家里全部可以抵变现钱的物品后，胡正来除了每天带着有病的老伴上儿子的坟头跪哭之外，再也不希冀青天白日会在他们胡家的土窑前出现……

　　离开胡正来家，在回城的路上，梁雨润眼眶里噙着的泪水就没有干过。

　　"是县司法局吗？"

　　"是检察院吧？"

　　"法院吗？"

"……噢，我是梁雨润，我有要事，请你们每个单位的负责人来一趟县纪委，我要开个紧急会议。对，马上来人！"

当日，从几十里外的中条山胡正来家回到县城办公室，梁雨润没顾得上喝口水，抄起电话就给上面三个单位的头头打去电话，令他们一小时之内上他办公室。他要亲眼看看这么一件明明白白简简单单的"区区小事"，竟然让一位年近七十岁的山区老农整整上访了300多次还解决不了，问题的根子到底出在何处？

在预定时间内，公安、检察院、法院三大单位各来了位负责人。这也是梁雨润到夏县上任后召开的第一个会议。几位夏县的"高级干部"第一次就领教了新纪委书记的雷厉风行。

"你们说，胡正来家的事到底他告得有没有道理？法院随意武断地从信用社拿走人家的钱合不合法？那些钱该不该还胡正来老两口？怎么个还法？什么时候还？现在钱在哪里？你们都是执法专门机关和部门，比我更懂法，请你们一个个给我回答！"

梁雨润强压心头的不满，作了一个没有半句客套的开场白，然后朝到会的几位关键机关的关键人物扫了一眼。

我们司法局对这件事早有批复，而且不止一次。司法局负责人的气也不打一处来，朝法院负责人瞪了一眼。

这事明显是我们的执法人员违反了执法程序。检察院负责人说。

在夏县，谁都知道我们法院的个别单位是太上皇头顶的土——动不得呀。公安局负责人讥讽道。

梁雨润把目光停在法院负责人身上。

面对会场上众人的目光，法院负责人脸色极其难看，那只握成拳头的手在微微发抖。突然他扬起头，对梁雨润书记说："梁书记，你抓这件事太好了，我也早闷了一肚子气。这帮混在法院内的共产党的蛀虫，早该处理处理他们了，可是……"法院负责人一脸难色。

"可是什么？尽管说。今天我们就是要研究解决问题的办法，即使再大的困难也要闯过去。"梁雨润不由从座位上站了起来，无比激动地说，"人家胡正来仅仅是个普普通通的山区农民，孤苦伶仃的老两口子，没了儿子，儿媳妇跑了还不算，又带走了他们的养老钱，为这事，他卖掉了家中一切可以换成现钱的物品，9000多块呀，全花在上咱县城打官司的路上了。最后对我们政府和共产党干部的心都死了，见了一个想了解他们情况的人就会在他面前长跪不起……假如胡正来是我们在座的某一位同志的父亲的话，我们的心里该是什么滋味？大家设想一下，啊？！"

会场一片寂静。

"是我们工作没做好。"法院负责人垂下头，然后说，"一年前，当胡正来的上访材料转到我们法院时，我经手过。当时我也十分气愤，因为这事的当事人之一李雪梅一方，起诉状是递到县法院的法警队的，这本来就不符合法律程序。但由于原告当事人的代理人冯某与法警队某人有亲戚关系，就凭这他们为所欲为，在未征得另一方当事人胡正来同意的情况下，于1997年元月26日，法警队负责人指派一名临时法警在未经法院有关领导签字的情况下，私自拟定了一份所谓的民事裁定书和所谓的执行通知书，由两名临时法警跑到胡正来所在的埝掌镇信用社将胡正来的定期一年存款连本带息共17290.2元强行提走。这么一桩违反法律程序的事，自然令胡正来不服，他告到县里后，人大等单位把告状信和处理意见都转给了我们。法院随即进行了干预，并且要求法警队追回其中属于胡正来的9200元，但法警队没有将这笔钱退给胡正来，却以种种理由日复一日地拖啊拖，一直拖到今天……有一次我实在看不下去，就当面对法警队的头儿说，你们吃了活人钱还不够，非得连死人的钱也要吃？可他们朝我嬉皮笑脸，说：院长，死人钱不是更容易吃吗？不吃白不吃……"

"这帮恶棍！"梁雨润听到这儿，一双拳头重重地砸在会议桌上，"法警队到底谁在负责？此人是什么人？竟敢如此嚣张？"

"哼，事情坏都坏在这人身上，人家身后有人……"有人轻轻嘀咕道。

梁雨润不满地说："大声说。"

　　会场又一次寂静。梁雨润颇为惊诧，他不明其意地瞅瞅这，瞅瞅那，可凡是他瞅到的人都下意识地在避着他的目光。

　　"梁书记，此人叫解林合，县上有靠山，是谁都碰不得的一个人物！"纪委信访室主任老胡贴在梁雨润耳边悄悄说道。

　　"我不信。他就是天王老子的亲儿孙，我梁雨润也要为夏县的百姓碰碰他！"梁雨润被激怒了，站起身，句句铿锵道，"大家听着，胡正来这事我们要马上处理，这次由我们县纪委牵头，组成公安、司法、检察院、法院联合调查办案组，每个部门出一名负责人，我任总指挥，我已经向我们的百姓许诺了：要在十天之内纠正此案。请各位记住一点：不管遇上什么难点什么重要人物，只要他有违法行为，就要一查到底；同时再说一句：不管谁出面干预此案，我们一律秉公办事，不得徇私情，谁要徇私情，纪委将严肃查处。县纪委查不动的，我会请市纪委、省纪委，直至中央纪委来查处！"

　　作为新到任的夏县纪委书记，梁雨润没有顾得上去看望明天就要召开的全县党代会的代表，却在自己的小会议室里进行了他独特的"就职演说"。

　　听他"就职演说"的虽然只有几个人，但他的这番鼓舞人心的话语，从此久久地回响在夏县几十万人民心间。

　　由于一些地区和部门的腐败风气盛行，人们往往会发现原本一件非常简单和不大的事情，解决起来就是那么难。问题出就出在许多事情的背后总有种种错综复杂的"关系"在作怪。

农民胡正来上访几百次想讨回属于自己的那笔养老送终钱的背后，牵出的正是这样一个错综复杂的关系网和一些吸人民血汗的腐败分子。

再来看看本事件的核心人物，那个在夏县声名显赫的法警队队长解林合。此人何许人也？我看到当时的联合调查组的《调查报告》，是这么介绍的：解林合，男，现年四十三岁。汉族，高中文化。1973年参加工作，1979年加入中国共产党。现任法警队队长，系本县胡张乡人。

梁雨润给我介绍的此人"活档案"是：这家伙人高马大，腰粗体壮，普通的三四个人根本不是其对手。他又长期从事政法工作，总是一副盛气凌人不可一世的样子。

对付这样的人可不是一件容易的事。更棘手的是姓解的在夏县地盘上执法多年，上上下下都有特殊关系，以往的多少年里从来是他找别人的麻烦，而不会有别人找他的麻烦。现今梁雨润初来乍到，就要动这么个"太岁"头上的土，多少人为梁雨润捏着一把汗。

果不其然，联合调查组刚刚开始工作，各种明的暗的势力立即像一股灭顶巨澜向梁雨润他们的调查组扑来。纪委信访室主任、本次调查组组长胡根发等办案人家里的玻璃窗连续几次被砸碎；匿名和恐吓的电话不止一次向这些办案人员的办公室和家里打去。

"阁下，你的那条腿不是还没有好吗？听着，如果想留下另一条腿，那就别跟着那个姓梁的没病揽伤寒——自找苦吃。"素有"钢锉汉子"之称的纪委副书记王武魁在梁雨润到任时因车祸被撞断了一条腿，现在又有人打电话到医院对这位铁骨铮铮的汉子恐吓。

王武魁"噌"地从床头站起，对着冲他而来的恐吓电话说："你大概不了解我王武魁是什么人吧？告诉你，我就是菜园里的那种韭菜……"

"怎么讲？"

王武魁嘿嘿一笑，说："是割了一刀又一刀都不怕的主。谢谢你的提醒，本来我还准备住上几天医院，现在看来我得提前回去上班，参加梁书记他们已经拉开的战斗！"

"你？哼，走着瞧。"

"哈哈哈……"

当夏县近年来第一场触动某些"中枢神经"的激烈战斗刚刚打响，梁雨润高兴地迎来了一位坚强有力的干将，他便是挂着拐杖上班的王武魁副书记。

梁雨润要求关于胡正来这桩案必须在十天之内办完，所以调查组的全部人员一律按照他的统一指挥，吃住在办公室。这样既集中时间，又可以避免外面各种干扰。此时正值酷暑时节，办案的六七个人挤在一间十几平方米的房间里，白天他们分头调查取证，晚上挑灯夜战，审查调查对象，研究战斗部署。梁雨润亲自督战，夜夜坚守在办案现场，令调查组的同志干劲倍增。身为公、检、法、司四大执法机关的工作人员，大伙儿心头早已压了多少年的冤气和受人奚落的恶气。以往大伙儿并不是没有看见夏县称霸一方的那些恶势力和腐败之风，只是常常迫于某些人有"靠山"和"背后的关系"，所以只能忍气吞声。今天看到新来的梁书记一身正气，大刀阔斧要力改夏县的风气，在人民心目中重新树起咱共产党人的形象，当然有使不完的劲儿。大伙儿也深知，胡正来一案虽然看起来仅仅是一个普通农民的受冤案，但透过这件事往前看，它可以让全县人民看到一种崭新的希望，一种人心所向的希望。这案情处理的本身，就是一场正义与邪恶的严峻较量。前进一步，人民群众拍手称快；退缩一步，我们党的威信也会蒙受耻辱。从这个意义上讲，办案的每位同志心里都明白，自己是在捍卫现实中最神圣和最重要的一种信念，它便是广大人民对党对国家的信任。

难道不是吗？

而与他们较量的另一方此刻也感到了极度的紧张和不安。因为过去他们从未遇到过像梁雨润那样认真的领导，所以每次总能化险为夷，这也使得他们在脱离人民群众利益、满足个人私欲的道路上越走越猖狂。

胡正来一案调查的结果令办案人员感到，法警队的工作人员简直到了丧心病狂的地步。在队长解林合的一手指使下，几位临时法警人员（特别注意：在这个县的法警队里，因为解林合一手遮天，他一向不要正式编制的法警人员，名曰是为了给法院省下几个编制，实则是为他干为非作歹的事敞渠开道），不仅随意私自编造、签发法院执行公文，而且将从信用社强行取走的那1.7万余元钱，想怎么处理就怎么处理。更令人气愤的是，原属胡正来的9000多元抚恤金，法警队拿到手后，几个人竟然用这钱去歌舞厅寻欢作乐，剩下的钱则由解林合装进了自己的腰包。与他们的任意妄为相对的是，山上山下跑了几百趟县城的胡正来老汉两年多里差点为这养老送终钱家破人亡。

查！把这种专门欺压百姓，败坏我们党形象的败类查个片甲不留，直到清除干净为止！梁雨润的拳头在空中挥动着，愤怒的火焰仿佛要把一切对人民犯下滔天罪行的败类燃成灰烬。

经过七天七夜连续作战，调查组不仅对胡正来一案的来龙去脉搞清楚了，而且顺着法警队一连串违规违法案例的线索，很快发现了解林合不只在胡正来一案中任意滥用职权，进行非法活动，而且掌握了他大量私吞多个案件当事人财物的事实证据。

"梁书记，此人生性歹毒，咱夏县一般的人都不敢碰他，过去他是穿着人民法警的制服，人家怕他，躲他，知道碰上他不管你是官司的赢家还是输家，到了他那儿没有不是亏家的。现在我们想动他，也恐怕有点难啊。"当案情进入定性阶段时，调查组组长、纪委信访室主任老胡在向梁雨润汇报时，不无担忧地提醒道。

"你直说，这会儿屋里就我们两人，你尽管说。"梁雨润非常信任地请已经劳累了数日的部下坐下，倾过身请教道。

"你想，不说这解林合上面有什么背景和靠山，就是现在我们要对他进行'双规'，要对他进行谈话，要向他核实情况，不是都得有人出面吗？"老胡一五一十地说着。

梁雨润在一旁频频点头。

"一旦通知这个解林合到咱们纪委或者到调查组来谈话，这不等于是向毒蛇亮招吗？他可是不仅掌握着一支几年来由他一手扶植的法警队，而且他个人也有一套使枪弄刀的本领。你是派公安还是武警去？我可以告诉你，派谁可能都对他有些胆怯。说不定派谁都不敢去。"

"真有这么严重？"梁雨润有些不信。

老胡点上一支烟，说："不信，你明天不是准备派人把解林合找上纪委来谈话吗？我可以预料这回可能谁都会找些理由拒绝你的指示。"

"真这样？"

"基本是。"

"那我让你跟那个姓解的谈话你敢吗？"梁雨润给老胡来个下马威。

老胡笑笑，说："你要听实话？"

"当然。"

"那我告诉你：我真的不敢跟这样的人玩命。如果不是你以这种方式向我发指示的话，我会用个非常巧妙的理由来逃避你的指示，比如说我要上医院看病啦，身子不舒服啦，总之理由完全正当。但其实真正原因只有一个：怕这样玩命的恶人。"

梁雨润听完突然站起身，在屋子里踱来踱去，表情极其严肃。

"梁、梁书记。我刚才，刚才只是说了些真心话。不过你明天真要让我去除恶治霸的话，我也在所不辞。因为我毕竟还是一名老共产党员。"老胡忐忑不安地跟着从椅子上站起来。

"坐下坐下。老胡，我怎么能不相信你呢？"梁雨润赶紧过来将老胡按在椅子上，十分动情地说，"我们虽然共事才几天，可你是个好同志这一点毫无疑问。我也相信真的有一天党和组织让你去冲锋陷阵，你一定会一马当先的。但我知道现在是和平时期，尤其我们夏县纪委和政法战线的同志，一方面要为捍卫党和人民的利益去英勇奋斗，流血流汗，另一方面他们的家、他们的亲人都在本地，他们的后方全部毫无保留地暴露在各种恶势力面前。担心亲人们的安危，这是人之常情，我自然非常能理解大家的苦衷。唉，这也正是我们今天的工作要比过去战争时代或者其他任何时候都困难的原因。人们越是生活在幸福之中，就越渴望过平静的生活。"

梁雨润不由感慨万千。

"那明天找解的事……"老胡忽然担忧起来。

梁雨润笑笑："不是还有我吗？既然解是夏县有名的一霸，那这样的重量级也应该配个相应的对手。老胡你觉得我这身膘够不够？"梁雨润说着，特意拍拍自己的"将军肚"，风趣地说。

"梁书记……"老胡则两眼噙满了泪水，"我明白你的意思，你是想亲自担这个风险，不想让其他的同志担这份心。可你要相信，你在夏县绝对不会是孤军作战的。明天你找姓解的谈话时，算上我这个老兵，一切听你指挥。你说上刀山下火海，我老胡不会多眨一下眼。"

梁雨润默默无言地握住比自己个头儿矮半截的老胡同志的手，两眼同样涌着热泪。

"现在你的任务是：马上回家睡觉。明天提前一小时起床。"梁雨润最后说。

"是。老兵明白。"老胡一个立正。

关于后来怎么将姓解的这个彪形大汉找到纪委来，又怎样不打草惊蛇，接着又如何机智地拘捕他，将其送上"双规"之路，当众宣布开除其党籍和公职，移交司法部门处理等等一个个惊心动魄的场面，梁雨润只朝我笑笑，说得十分轻描淡写。但是我从别人嘴里知道事情确实出现过惊心动魄的几幕，而且当时也真的像老胡讲的那样，派谁去执行对解林合的处理任务，都会找一大堆各式各样的逃避理由。后来老百姓中传说的版本很多，至今几年过去了，我到夏县时人们还有好几个关于"梁青天孤胆除霸"的折子，那听起来真的异常精彩纷呈。

不过，我从纪委同志那儿听到的是完完全全的"正版"。其真实情况是：

当专案组将解林合等人的违纪犯罪事实弄清后，准备移交检察院处理时，身为法院法警队队长的解林合却跑了。关于解林合怎么跑的，纪委的同志解释，尽管他们在办案时严密封锁内情，但由于调查过程中已经在夏县几个司法部门成了一桩半公开的秘密，再加上解林合等人多年在夏县称"王"称"霸"，司法部门可能也有他们的"眼线"，不用说，肯定有人给他通风报信。你想解是什么人？法院法警队的队长！他可以说在夏县这块地盘是个最具危险性的人物，因为他一直是法院队伍中的执法头目。他跑了还了得！纪委如此大动作在查处他的问题，如果他不跑，说明他还真有点呆。可他这一跑给梁雨润他们查案带来巨大压力。

"要不惜一切代价，将此人逮回来！"梁雨润命令道。

然而谈何容易。这一点梁雨润同样十分清楚。可是，不把姓解的逮回来，别说胡正来的案件无法处理，说不定可能诱发更严重的恶性事件。

撕掉人民法院法警队队长伪装的解林合，此刻成了一只归山的恶虎！

那些日子里，梁雨润带领纪委干部，联合公安等部门的同志，通过各种途径，在夏县一带撒下了天罗地网。梁雨润坐镇指挥，各路兵马分成明暗两条战线作战。姓解的是个诡诈狡猾之徒，办案人员多次在他家设伏都没有逮住他。其实此时的解某早已远离夏县，逃往附近几个县。但姓解的同样知道纪委、公安部门会向各地散发"通缉令"一类的东西，所以他也没敢跑得很远，而且此人心存侥幸，心想自己在夏县有方方面面的交情，兴许会出现一线生机，故而常以试探心理从夏县以外的地方给纪委打电话。纪委同志按照梁雨润的指示，规劝其认清"抗拒从严"之理。如此拉锯式的试探与反试探持续了一个多月，在外逃窜的解林合实在无路可走，只得表示"愿意回家交代问题"。当梁雨润知道解某要回夏县的家时，带领纪委办案人员和公安干警，冒着生命危险，连续数日隐蔽在解林合家附近，但多疑的解林合没有出现。根据这一情况，梁雨润同办案同志分析商议，觉得解还是想回家的，就是担心自己会受到法律的严惩。为此，梁雨润布置了有关同志找到解的哥哥等亲属做工作。果然，经解的哥哥多次按梁雨润的方案说服教育，解林合终于在走投无路时回到夏县自首……

1998 年 7 月 16 日，正是梁雨润来夏县上任纪委书记一个月的日子，夏县几十万人民像怀着久旱逢雨的喜悦。人们奔走相告，一齐拥到县城去参加和观看纪委召开的"夏县反腐败斗争公处大会"。就在这次大会上，解林合等 10 名政法公职人员被开除公职，移交司法机关公开处理。这 10 人中有 9 名是戴着"党员"标牌专干欺压百姓勾当的，有一半是科级干部。别小看了科级干部，在一个区区县城中，他们可都是有权有势的"高干"哩！尤其当老百姓们看到过去不可一世的"夏县一霸"解林合被"双开除"，并被司法机关判处 3 年徒刑时，更是拍手称快。对一名党员干部，又是执法人员，作出如此严惩，这在夏县近二十年间是第一次，所以由"胡正来民事案"牵出的一场反腐败激战，在夏县人民心中引起了巨大震撼。

"夏县来了位'梁青天'。"

"他是百姓的好书记。"

新纪委书记梁雨润的名字从此在这片远古大禹王所开辟的传

奇土地上不胫而走。

作为本案的主要受益者胡正来一家更是做梦也不曾想到，害得他们几乎家破人亡，上访了300多次没有结果的冤案，在梁雨润书记承诺的十天里，竟然干脆利索地全部解决了。当胡正来拿到纪委送来的那份属于他和老伴的9200元抚恤金时，他再次来到他儿子的坟头，那带着几分宽慰的撕心裂肺的哭喊回荡在中条山的山谷里："儿啊，你在九泉之下睁开眼睛看一看，咱家的土窑上又见阳光了……

到中国的黄土高原走一走，站在那一道道光秃秃的梁谷山峁，向四周延伸百里的原野望去，你会有一种深切的感受：在这样一块贫瘠干旱的土地上，想让生息在这儿的农民们富起来，几乎是一种乌托邦式的梦想。

但是中国共产党人在毛泽东、邓小平和以江泽民同志为核心的党中央领导下，为占人类五分之一的依靠土地生活的中国农民实现了这样的梦想。这便是人类发生在二十世纪里一个最伟大的奇迹。

我们知道，能够创造这样的奇迹，靠的是几代英明领袖的智慧和那些甘于奉献生命与汗水的勤劳民众的艰苦奋斗。

然而我们同时发现，一个依靠几代人努力而建立起的伟业和一个已经成为了现实的美好梦想，也许就仅仅因为几个蛀虫的作怪和无耻的行径，会在瞬间化为乌有。

　　地处豫、陕、晋三省交界之地的夏县，毗邻九曲黄河的中段，清晨孩儿们上学扯着嗓子高歌，能同隔岸的雄鸡相呼应。这块今天看来贫瘠的土地却在四五千年前缔造了我们中华民族。公元前二十一世纪，中国的祖先结束了原始社会的最初文明史，开始了中华民族社会史上第一个发展里程碑，即由禹建立的第一个王朝，亦即夏朝，中华民族由此才得以见诸历史，而"华夏"也从此成了中华文明历史和中华民族的简称。禹的功劳不比任何中国历史上的君主逊色，他在当年的安邑，即今日的夏县建立了夏朝的国都，并聚拢遍散于九州方圆内的那些整天与狼为伍的部落游民，圈州定邦，而我们后人所知的"九州"便是禹的治邦之策。

　　现今你如果到夏县这个地方走一走，会有种特别的感觉：尽管你在此看不到多少现代文明的那种繁荣与昌盛，尽管这儿的人们明显在物质文明方面远远比不上上海、北京和深圳，但你只要跟他们深入接触，你就会发现夏县人对世事国事民事都有非同寻常的独到的见识。我开始百思不得其解，但后来在去除了现代都市人的那份自以为是的浮躁心态之后，静静将心灵紧贴这块中华民族的发源地时，我顿然明白了：原来这儿的人们，从他们生于斯长于斯的土地上获得了中华民族几千年传承下的精华的智慧因子，那是一种不是靠一般的因材施教和经史文书所能传递的信息，它是来自地脉深处和漫长历史时空所飘扬出的精气与魂魄。

当地有这样的一种说法：可以在外轻易做宰相员外，却难在夏县当村长乡僚。意思是夏县这个地方，是个人就比你宰相员外的爷爷还大个辈分，这话听起来有点夸张，其实不然。你想，当年禹王在此建都时，中国多数地方还是不毛之地，别说还没有官府衙门，就是连个起码的行政"编制"还是过了不知几百几千年才有的。你说人家夏县人从打四五千年前就是国都的子民，谁能与他们比资格？

到过夏县的人，还会发现夏县人的另一种美德。那就是这儿的人都有一种自觉自愿地听从"上头"领导指挥的"服从"意识。这大概也是作为第一个都市的臣民的那种与生俱来的自觉意识。这种甘当臣民的自觉意识对任何一个朝代的统治者来说都可以奖赏其为美德。然而，这样的美德一旦被那些以权谋私者所利用，则着实苦了这一方的庶民百姓。

自打改革开放以来，夏县这片过于古老而板结的土地，这些年来同样发生了不少变化。部分敢于思考又勤劳的农民则成了乡里乡外的能人富人。胡张乡就有这么个人，他叫史英俊，百分百的农民，他的精明与其名字一样，在当地广为人知。他先是开办小杂货店积累资本，后是在乡村与城镇之间搞"泥腿子出租车"。几年离土不离村的小买卖，使他有了比别人多几倍的积蓄。于是，史英俊看中了贩运货物的活计。山里人如今日子一天比一天好起来，渴望能把在电视里看到的外面人的幸福生活搬到自己家里来，同时也期望能把自己收的水果蔬菜运出家门换来现钱。史英俊看中的就是乡亲们最需要的这"中间环节"。于是他拿出自己的全部家底，购置了能上山下山的吉普车，置了能种地能跑路的拖拉机，置了能进田头能入土窑洞的四轮车，还置了能上高速路进城的摩托车。最红火的时候，史英俊家这样的带轮子的各种车辆多达10余部，活脱脱一个运输专业户。有了四通八达的"轮子"，史英俊的生意越做越大，直让村里村外的人眼红，因为大伙儿看到他进账的钱票跟着那些轮子越"转"越多。1994年起，夏县所在运城一带农民纷纷进行了一场轰轰烈烈的"果树革命"，昔日荒丘黄土，转眼间成了一片连一片的花果飘香的苹果园。史英俊也有果树园，但面积不如人家大，可到收摘时他家的苹果却比别人家多出几倍十几倍。啥原因？原来他专门做起了贮存苹果的生意。乡亲们的果子熟了，着急得不知往哪儿卖，原本1元钱一斤的果子一天天烂在地里，在贬值。这时史英俊笑眯眯地过来说：咋样，5毛钱一斤出手吧，我全包了！让掉价的果子换成存在银行里能升值的现钱，亏不了你老哥！于是人们便将自己的果子全都卖给了他。

史英俊从乡亲们的果园里收回果子，不是立即贩运出去，而是贮存在村边的荒丘底下的土窑洞内——那里面冬暖夏凉，是天然贮藏仓库。等几个月后的元旦、春节将至时，史英俊便开始启窑开仓，再转动他那些"轮子"运到城里出售，此时上市的果子比收成时的价格上升了1倍还多。这么一倒手，史英俊的财源便滚滚而来。头年他仅此一项便赚了2万元，比那些辛辛苦苦种了十几亩果树的果农还赚得多。吃了甜头，第二年史英俊便有了更宏伟的计划：准备贮藏六万斤苹果，将自家的那口土窑洞充分利用起来，满满地发它个财年！雄心壮志下的史英俊，这年通过在乡信用社工作的一位亲戚作担保，贷了6万元钱收购了近六万斤苹果贮藏于自己的土窑内。只等冬季到来之时再度开仓启窑，发个大财。然而正当他一心想着致富梦时，一场料想不到的人祸已经悄然向他逼近……

本村有个姓卫的人，早已眼红史英俊的"轮多财大"，做梦也在想如何跟史英俊玩一场"空手套白狼"的好戏。办法终于有了。一日，此人找到史英俊，假装非常虔诚地来跟史英俊商量"盘货"事宜："我先付你一笔订金，到明年开春时我拉一车果子给你付一车果子的钱，把你家窑里的那六万斤果子全卖给我，怎么样？你大哥一点风险也不会有的，坐地赚钱嘛！"见史英俊没有回音，那人死皮赖脸地又是递烟又是点火，说你史大哥赚钱有道，让兄弟也跟着你发点小财嘛！乡里乡亲的，我再精也精不到你史英俊大哥那份儿上不是？

　　别看史英俊做生意精明，但在做人方面却依然是老实巴交的农民本质。"那就照你说的办吧。"

　　"行行，我们签个协议？"姓卫的拿出早已准备好的一份"协议"交给史英俊，大意是由姓卫的包下史英俊家的六万斤果子，按1元钱一斤结算，在这之后史英俊不得再将苹果转让第三方，而姓卫的则先向史预交1.5万元作订金。事情看起来没有什么漏洞。

　　史英俊觉得虽然这么做自己少赚些钱，但毕竟省了不少心，于是便没有异议地在那份协议上签名画押了。

　　"订金我会这两天给你送来啊，谁不知史大哥的腰包比我们村上哪一个都鼓嘛！嘻嘻，我先走一步啊！"姓卫的嬉皮笑脸地带着"协议"离开了史家，说是去筹那订金去。

　　第二天此人来到史家，是开着一辆摩托车来的。他跳下车后，将手中的钥匙往史家的饭桌上一放，显出几分歉意地说："史大哥，一时手紧，订金还没有筹齐，我把这辆摩托放在你这儿。你是识货的，值1.5万元。对不住了啊史大哥，我还要忙事去！"没等史英俊说话，他便溜出了史家小院。

　　这人！史英俊不知说什么为好，但一想都是乡里乡亲的就没有深究，该干什么，他照旧干什么去了。

　　善良的史英俊哪知道从这一刻开始，他便被人牵着鼻子往陷阱里跳了。

时间一晃就到了来年的腊月前夕，这一天是农历十一月二十九，也正好是公历 1996 年 1 月 19 日，上午 9 时许，突然有人告知正在家里干活的史英俊，说是有警察开着车正在你们家的果窑砸门，看样子是要抢你贮藏的苹果哩！

史英俊不知是怎么回事，急步赶到村后的那个果窑。一看，果然有几名穿着制服的警察在动手砸他家贮藏苹果的窑洞铁门。

"你们要干什么？怎么能随便砸我家的窑门？"史英俊上前制止道。

为首的是县公安局刑警队队员李将，此人长得又高又黑，一脸满不在乎的样子，见史英俊前来阻拦，便伸手将其一推，瞪眼嚷道："这果库里的果子已经全是我的了，你们不知道啊？那就去问问姓卫的吧！"说着指挥手下："给我继续砸！"

史英俊急得跺起脚来："这、这……你们怎么能这样？"他转身立即找来姓卫的责问到底是怎么回事。

"史大哥，是，是我将果子卖给了这位李将兄弟……"姓卫的哆哆嗦嗦地说道。

"你！你没有经过我的同意怎么可以卖给别人嘛！"史英俊气得差点没有昏过去，"再说，你们要拉走果子，按当时的协议也是一手交钱一手交货的呀！"

　　"少啰唆，我们才不管什么交货交钱，一句话：库里的果子既然是我们的，我们想什么时候拉走，就什么时候来拉!"刑警李将一副执法人员的气势，横行霸道地说道。

第四章

　　史英俊妻儿得知自家的果子窖被人抢，也哭喊着赶来与李将等警察争执起来。史英俊将拳头无奈地砸在硬邦邦的丘土上，眼睁睁看着这群从天而降的人如此嚣张地把果子抢走，却百思不得其解。

　　原来，那个没长好心眼的姓卫的家伙，当他得到由史英俊签字的"协议"后，便以低出原"协议"价格近一半的3.2万元钱将果子转卖给了一位姓车的人和县公安局刑警李将。这位姓车的当时给了姓卫的1.2万元现金和一辆125型"五羊牌"摩托车，作价2万元。这都是在姓卫的与史英俊签订好"协议"后那姓卫的短时间内转手的结果。这整个转手过程中，看起来除了史英俊蒙在鼓里之外，那姓车的似乎也是"受害者"。其实不然，人家姓车的到底姓"车"，在一开始便注意防范这桩"转手"生意里是否有诈，便拉上了在夏县同样有"霸哥"之称的县刑警队的"小兄弟"李将作为自己的合伙人。

现今社会上什么事最能损害人民群众对我们党和政府的感情？那就是身为执法者的违法与横行霸道。人们最痛恨的莫过于这类貌似代表党和政府形象的败类。因为他们的一举一动，表面上代表着政府和执政党，实际上专干损害政府形象和党的根本利益、让人民群众痛恨至极的勾当。

李将就是这样的一个人物。他的贪欲之心和游手好闲的本性，决定了他见钱眼开、鱼肉百姓的恶习。凭着关系混进了人民公安队伍后，李将靠刑警这块铁牌子，没有少干那些损害人民利益、欺压百姓的事。看看这种人对一个依靠自己辛勤劳动获得财富的普通农民所做的事，我们怎能不为那些打着共产党招牌、干的却是比流氓恶棍还要令人发指的行为而痛心！

梁雨润长期工作在基层，长期生活在中国目前最贫穷的底层人民群众中间，他每每向我谈起这样的话题时，总是异常沉痛和沉重。他经常说的一句就是："即使我在这纪委的岗位上牺牲了，也不能眼见百姓的利益受到坏人、恶人和有权势的人侵害而不管不问。"

李将这样头顶国徽大檐帽却不把人民群众的尊严当作一回事的人物，在今日之中国怎能容忍！

有一天李将凭着姓车的许诺可以给一些"好处"，便耀武扬威地领着人，开着一辆5吨载重卡车来到胡张乡史英俊所在的王村。当眼看果子的主人史英俊揭穿他们合伙行骗的诡计时，李将拿出一副不可侵犯的"执法者"气势来。

"你们听明白了，既然我李将来了，不管这窑洞里的果子过去是谁的，从现在开始它属于我姓李的，谁要是阻拦，你不要怪我这支冲锋枪不认人！"李将见史英俊一家人不仅拦着不让开库，而且还叫来了村治保主任等人前来相助，更是气急败坏地从驾驶室内取出冲锋枪，来回地在史英俊一家和围观的人群头上挥动着，嘴里还高声嚷嚷道。

王村的百姓哪见过这阵势，吓得纷纷逃离。

"我史英俊全家靠邓小平的政策勤劳致富，你们怎么可以这样对待我们呀？啊，你们不能这样嘛！不能呀——"无论史英俊和家人如何阻拦哀求，李将等人凭着人多势众，强行撬开窑门后，满满装了一车就走。

眼看自己辛辛苦苦靠贷款收购来的果子被人在光天化日之下抢走，史英俊怒火中烧，当日便赶到县法院报案。法院听完他的报告，随即派了3名工作人员赶到现场，在听取史英俊和村群众的意见之后，迅速作出了判决：姓卫的无权转让果库，与史英俊原订的"协议"宣告无效，果库和库中的苹果所有权归属史英俊，已被拉走的苹果另案处理。当时应史英俊的要求，法院为了保护他果库的安全，还在果库大门上封贴了盖有"夏县人民法院"红章的封条，并说明等姓卫的与史英俊重新签订以上述内容为主要条款的协议后再将封条启开。

史英俊以为自己总算找到了维护正义的靠山。当第二天他与姓卫的重新签好协议并带着协议上县城的法院找那位为他主持公道的法官请求为他的果库启封时，那法官脸颊颇有些异样地对史英俊说："老史呀，你把协议先给我，等我们的院长签了字它才能生效，那时我才好给你启封条。"

史英俊一听，便将与姓卫的重新签订的协议交给了法官。

此时，已到腊月果子紧销时节，史英俊比谁都着急处理库中的货物。加上有李将他们横行抢走一车果子的教训，史英俊时刻思忖着赶紧出手库中的果子。第三天他又到法院来找那个法官。史英俊发现当他追问院长是否签字时，那个法官竟然很紧张地将他领到另一间屋子，悄悄说道："老史，你这事蛮有来头，我是管不了了，你得赶紧另想办法。要快……"话还没有说完，那法官摇摇头便离开了。

史英俊不知所以然地在法院待了好一阵，当他再想问问其他法官怎么回事时，那些法官们像见了瘟神似的远远躲着他。

怎么啦？明明是他们抢我的果子，咋像我反倒成偷东西的贼了？史英俊弄不明白，只好无可奈何地回到自己的家。倒在床上寻思那个法官给他提的醒儿，史英俊觉得不能再等着别人把刀架在自己脖子上，得找律师跟李将这些坏人论理。

接下去的几天，史英俊马不停蹄地进城四处询问法律规定，出钱聘请律师。2 月 5 日也就是农历腊月十七，史英俊骑摩托从县城回家途中，忽然身后飞速驶来一辆面包车。史英俊还没有弄清怎么回事，就被几个穿制服的和没有穿制服的人从摩托车上拖下来，"咚咚"几拳，连打带拖地塞进了面包车内……

"姓史的，快下车！"不知过了多久，史英俊又被人揪着衣领和头发，从面包车内推出来，他定神一看：这不是前些天来过好几次的县人民法院的人吗！

没事没事，这儿是人民法院，平时不都听乡亲们说遇到啥不平的事就找人民法院嘛！既然到了法院，啥事都好办了，甭怕。史英俊心里嘀咕着安慰自己。

"走，进去！"正当史英俊寻思时，有人从背后将他重重一推，令他一个趔趄，连跌带撞进了一间十来平方米的小房子。

"把手伸出来！"有人像吆喝牲口似的叫道。

史英俊下意识地顺从地把一只手伸了出来。

"咔嚓！"一副锃亮的铁铐锁在了史英俊的右手，而另一头则铐在了一根暖气管上。

"哎哎，你怎么把我铐起来了？我犯什么法了啊？你们这是干什么呀？"史英俊急了，挣扎着，叫嚷着。

小屋的门"哐"的一声，关上了。

"开门！你们凭什么抓我？凭什么——？"小屋里，史英俊拼命地大声叫喊着，但没有一个人理会他，直到夜深人静史英俊喊得口干舌燥再也没有力气，也一直没有人理会他。史英俊在黑咕隆咚的小屋里度过了一个不明不白的长夜。

这是共产党的天下嘛，他们怎么可以这样对待一个百姓呢？史英俊带着满腔愤怒与屈辱，在黑暗中寻找着答案。

他盼望着天明。天明后会有答案的。

但他又错了。

第二天上午9时许，两名法警将史英俊带到法院二楼的一间屋子，他的手仍被铐在一根暖气管上。只是看守的是位面相很和善的小青年。

"同志，我犯了什么事把我铐在这儿？"史英俊问这话时连自己都觉得怎么这样没出息，自己到底干过啥坏事啦？

法院的小青年看看他，说："是不是去年的贷款还差2000元没有还清？"

史英俊一听是这事，他想起来了。不过，这事纯粹是因为这段时间自己的果库被抢而忘了。"这事我承认。可不是我不想还，而是最近家里接连出了几件事才给忘了。"史英俊觉得心里头似乎踏实了许多，忙说，"麻烦小同志，你叫一下你们的领导，说我保证马上将去年借贷的 2000 元还上。"

小青年看了看史英俊，便去找法院领导。

不一会儿，一位后来史英俊才知道他是法院执行庭法警的杨东海出现在面前。

"哎呀领导啊，请你们一定相信我，那 2000 元贷款我一定马上就还！我可以给您写保证书！"史英俊一见杨东海就对天发誓道。

可人家法院"领导"杨东海听完他的话后连眼皮都没动一下，阴沉着声说："你的事不是这个，是果库的问题。"

"果库问题？那更不该铐我抓我呀？果库明明是我的，他们合伙欺骗我，又来抢我的果库，他们才该抓起来您说是不是？"

"哼！"史英俊原以为找到了申冤的机会，没料想这位姓杨的法官听完他这么一说，鼻孔里哼了一声后便背着手头都没回地走了出去，一下便将史英俊一个人晾在屋里。

"喂喂，你们怎么不管我啦？我到底犯什么罪了，你们怎么能这样对待一个老百姓啊？啊？你们人呢？这里还是人民法院吗？！"史英俊见自己不明不白被抓法院却没人理会，又急又愤。

但任凭他怎么呼喊，那些抓他进来的人似乎并不将他当回事。手被铐着，不能久站，又不能睡觉，时间过了整整两天两夜，啊！

即使是从小在地里干惯了重活的史英俊，这么折腾也着实令他承受不了。第三天早上，疲乏至极的史英俊掏出一支烟吸起来。由于一只手被铐着，点火很不方便，结果燃着了空烟盒，史英俊一惊，那只燃火的烟盒掉在水泥地板上，结果引燃了地上一张旧报纸……

"什么味？哪儿着火了？啊？"走廊内有人在嚷嚷。

史英俊一听，便回应说："是张旧报纸着了，已经灭了，没事！"

"咚！"门被踢开了。进来一位年轻法警。史英俊是后来才知道他叫李国庆，是那个杨东海的心腹手下。此人虽穿着人民法警制服，却一脸凶相。史英俊瞅见这人心头便蒙罩了一层阴云。果不其然，那个叫李国庆的法警一看戴铐的史英俊脚下有摊纸屑烟灰，便瞪着眼大声问道："谁干的？"

"是我抽烟不小心引着的。没事，你看早已灭了。"

"灭了？你他妈的看我怎么灭你！"

史英俊还没有反应过来是怎么回事，他的头上、脸上和双手，突然被雨点般的拳头痛击了一通，直打得他眼前闪火星子……

"你，你怎么能无故打人？还有没有王法了？啊？你说清楚！"史英俊一边挣扎，一边责问。

"老子就是王法！我要让你尝尝不老实的滋味！"李国庆一边说着，一边打开铐在暖气管上的一只手铐，然后将史英俊带到楼下的小院子里。那儿有棵树，他将史英俊的双手环铐在树上。

"喂喂，我问你，你是不是人民法官？你这样整我是哪条法律规定的？我一没犯法，二没犯罪，你凭什么这样迫害我？你算什么法官？我要告你俩告你们——！"史英俊用尽全身力气拼命地挣扎和抗议。但这位连基本良知都没有的年轻法警则站在一边十分得意地一边欣赏着自己的"杰作"，一边又觉得似乎哪儿还不够劲儿，他看看头顶的天空，然后走到史英俊背后，抓住其后领，"刺啦"一声，将史英俊的衣服扯破令其上身赤裸在严寒之中，自己则吹着口哨，哼着小调进了办公室……

"畜生！土匪——！"史英俊感到仿佛是世界末日降临，几天来蒙在心头的屈辱此刻终于爆发，他的嘴里骂出了一直不想骂的话。事后他对我说，他一直不想这样骂那些戴着国徽、穿着制服的法警，是因为他原本一直信任他们是人民的法官，是专为像他这样的老百姓伸冤抱不平的人民法官。然而经历这般迫害和摧残，史英俊再也无法掩饰心头的愤怒。

他相信这样的人绝对不会是真正的人民法官，共产党的执法者。然而他就是弄不明白，不明白为什么有人在不告诉他任何理由的前提下以对待犯人的方式把他抓起来，又受到如此迫害与折磨。

"老天，你睁开眼告诉我这是怎么回事？"史英俊抬头望天，那天上是灿烂的太阳，明明白白是睁着眼睛，可老天并没有看到人世间落得如此境地的他。不知是汗水还是泪水，顷刻间迷蒙了他的双眼……

不知过了多少时间，反正史英俊觉得自己像走了一趟地狱。他缓缓地醒过来，这时听到一个熟悉的声音似乎在跟法院的人说话。是，是自己村里的治保主任。

"他是我们村的致富先进，从没犯过事。你们不该这样对待他嘛。有什么事，我敢担保嘛。"村治保主任的口气同样充满气愤。

"好吧，先把铐给松了。不过人不能放，得等弄清楚了再说。"一名法官给铐了三天三夜的史英俊解开了双手。然而没过几个时辰，又有人将他送上警车，押到了离县城几十里之外的一个拘留所。从未尝过铁窗滋味的史英俊，此刻已把自己蒙受的耻辱丢在脑后，他双手抓住铁窗，心里惦记着家中那一窑果子，这可是他一家人的命根子哟！

"放我出去！你们放我出去——！"从打娘肚里出来这四十多年里，人称铁汉子的史英俊第一次在铁窗内默默地流下了泪。让他更没有想到的是，此时此刻，他的家里，他的那窑果子，正在经历比他更惨的命运——

有必要先在这儿交代一下为什么当时夏县的某些执法机关的人敢冒天下之大不韪，如此胆大妄为地在光天化日之下任意欺压百姓。应该说这是梁雨润一到夏县便碰到那么多大案要案的关键所在。问题显然出在这儿的执法机关长期以来听任和纵容那些以权谋私者横行霸道，而担任执法部门领导者的人如果不是整个犯罪过程的合伙人便是与犯罪分子有着千丝万缕的联系，或者本身就是某种利益的直接受益者，再加上法律程序上的管理混乱等因素导致夏县在相当长的时间内司法偏离为人民根本利益服务的原则方向。看看在"史英俊苹果案"的整个过程中起着主要作用的李将和杨东海两名公安司法人员的所作所为，便可进一步证明我们的分析推断。

先说第一天上史英俊家抢了一车苹果的李将。当他从好友车某那儿得到"好处"后，便借着自己是公安局的人到史英俊家抢得第一车苹果，但他仍不甘心。回到城里，他召集同伙到自己家里密谋要让"史英俊哑巴吃黄连"的计划：令那姓卫的骗子和姓车的重签一份合同，并于当日找到县公证处的熟人任某，让其出具了一份对那个假合同的公证书，而且明确这份实际上是违法的公证书"具有强制执行效力"。而对这样的所谓"公证书"，该公证处主任李某竟大笔一挥，就以公文的名义，交给了李将。

李将有了这份"公证书"便回头找到法院某领导，原先曾出面帮助维护过史英俊家那窑苹果的法院法警队负责人后来悄悄对史英俊说他再也"无能为力"了，原因就在此处。李将为了"合法"地把史英俊家的六万斤苹果从土窑里拿走的目的，又通过精心策划，找出了一个可以将史英俊"逮"起来的"理由"：史英俊不是贷了信用社的钱吗？好，那就让他马上还！还不出就拘留他。在一切"计划"安排妥当后，李将找到法院政工科，亮出了那份"强制执行"的假公证书等材料，法院政工科的人一看"手续齐全"，便出具了一份以"拒不还贷"为由将史英俊"逮"起来的拘留执行书。

李将抖着两份执行书，得意忘形地对同伙说："在夏县这块地盘上，还没有我李将办不成的事。那个姓史的他太不自量力了。几车烂果子他都不愿脱手。好，现在看我李爷怎么治他！"

这就有了后来史英俊被拘留到离县城几十里外的地方。在他被拘留的第二天，即2月8日上午9点半左右，李将和杨东海叫上两名全副武装的武警战士，挎着冲锋枪，开着两辆大卡车，导演了一场惨无人道的"鬼子进村"般的惊天丑剧。

据当地村民和史英俊妻子史龙麦描述：那天杨东海和李将可是大出了风头——其实在杨东海和李将眼里，这样的阵势是"小菜一碟"，他们到哪儿不是警车开道，武警压阵！可史英俊所在村的老乡们都是安分守己的庶民百姓，谁也没有想过或者见过自己的政府执法机关竟然会用如此的阵势冲着史英俊这样靠双手致富的"大户"而来：

"让开让开，谁挡道我就铐谁！快让开！"身着公安制服的李将半个身子坐在车内，半个身子探出车门，手里高高地举着亮铮铮的铁铐，直着脖子，朝站在道路两边的村民威胁着。

警车到了史英俊家的土窑前，杨东海拿出一副执法者的神气劲儿，对守护在土窑前的史英俊妻子史龙麦宣读了那份所谓的"强制执行书"，然后命令道："把果库的钥匙交出来！"

"这果库是我家的，凭什么要把钥匙交给你们？"史妻反问。

"你找死啊？我今天既然来了，就是要腾空你家这个窑洞的。少啰唆，快把钥匙交出来！"

"我干吗要把自己家的钥匙给你们？再说钥匙也不在我的手上。"史妻说。

"在哪儿？"

"在我家掌柜那儿。"史妻说的是在她家男人手上。

"胡说，你家男人史英俊我问过，他说钥匙在你手里。快拿出来！"杨东海使了个套。

史英俊老婆也不傻，就是不给。"我没有钥匙。有也不给你们。凭什么给你们？"

李将已经从村上叫了不少前来帮他们的群众。而杨东海觉得自己堂堂一个法院执行庭负责人，竟然在那么多人面前不能制服一个乡下婆姨，便从身边的武警手中抢过冲锋枪，对着史妻恼羞成怒地吼道："你到底交不交钥匙？再不交我就用枪打死你！"

　　史妻号哭起来，用身子顶着杨东海的枪口，做着最后的选择："你开枪吧！打呀！打死我们这些平民百姓吧！打呀……"

　　杨东海先是一愣，继而变本加厉地挥动手中的枪托，猛地朝史妻的头上击去。

　　"啊——"史妻一声尖叫后，应声倒下。那额上鲜血直淌……

　　"妈！妈——！"站在一旁的史英俊的大儿子史红科再也无法忍受这等惨状，一头冲杨东海撞去。

　　失去人性的杨东海一面用枪口对着史红科，一面向李将等人高喊。

　　这时，早已看不下去的村民们见此情景，群起相助，他们挡着李将等人，拉起史红科逃到了村里。

　　"没有钥匙怕什么？给我把门砸了！砸！"杨东海走到史英俊家的土窑口，亲自动手砸起了那道铁门，然后让两名武警在窑洞门口持着枪左右把守在那儿。

　　李将便指挥雇来的村民们进窑搬果子。可转头一看，发现人都跑了。

　　"妈的，这是怎么回事？"李将气急败坏道。

　　"我们不干了，你们这是抢东西！丧天良的事我们不干——！"那些离他们而去的村民回头冲他高喊。

　　"笨蛋！到外村去雇人！"杨东海出主意道。

就这样，在杨东海和李将一手指挥下，经过长达三个多小时的武装抢夺，史英俊家果库里的果子被洗劫一空。

11 日晚，被非法拘留了七天七夜的史英俊终于回到了家。他落脚村头的第一件事便是直奔窑洞想看看自己的果子还在不在，这是他史英俊的命根子，也是他全家的命根子。

可是当他走到土窑前，双腿再也挪动不了一下：那扇他花了 600 多元钱装制的防盗门，已扭曲不堪地掉落在一边，六七十米长的窑洞内空荡荡一眼可见底，只有几个残留的塑料袋在地面上懒洋洋地飘拂着……

"老天爷呀——！这是什么世道？还是不是共产党的天下了呀？"蒙耻多日的史英俊再也无法克制心头的悲愤，忍不住老泪纵横地对天长号。

"娃儿他妈？你怎么啦？是我呀，我回来啦！你怎么伤成这个样？啊，你说话呀！"回到家，史英俊更觉得天旋地转。妻子满头绑着白纱布，躺在那儿两眼痴呆呆地看着他就是不说话，连这个他一起生活了二十多年的老伴都认不出了。

"爸，爸爸，这是怎么回事呀？你倒给我们说明白……"孩子们见了遍体鳞伤的父亲，一齐扑到他身边，哭诉着，追问着。

史英俊双手将孩子们揽到怀里，悲愤交加地发誓道："我要告他们！就是告一辈子也要告！"

于是，后来便有了他的那卷让多少人看了忍不住凄然落泪的状子——一封洋洋万言的"我靠政策辛劳致富何罪之有"的激扬文字。

几年后，当我来到夏县，重新从纪委的档案室找出这份滴满血泪的状纸，读着时仍难以抑制心头的悲愤。更使我感到触目惊心的是，像李将、杨东海这样已经完全变成欺压人民群众黑势力的人，竟然在史英俊长达三年多的上访中，地、省各级领导画了无数圈圈，指示"一定要严惩不贷"的一次次查处中，依然能够依仗"关系网"和以恶压善的手段，使自己平安无事。不仅如此，还因为每一次查处都是这样的结果，李将、杨东海等人事后丝毫没有收敛，相反变本加厉地向那些主持正义的县人大、县纪委的查案人员发难。在梁雨润接手处理此案之前，县人大、县政法委等单位也曾两次专门召开县公、检、法三长联席会议，要求"专题研究，限时查处"，然而由于李将、杨东海等黑势力的猖獗极甚，查来查去，最后还是没了下文。县上的人都知道"史英俊苹果案"是个"马蜂窝"，谁碰谁就会撞一身霉灰。

史英俊是一介平民百姓，他的本领便是靠双手勤劳致富，养活全家老小，面对这样的恶势力，他所能做的便是一次次明知没有结果的上访和告状。从1996年年初到1998年梁雨润出任夏县纪委书记后接手他的案子，近三年时间里，他数不清跑了多少次运城地委和山西省委，光打印申诉和告状材料就花费数千元。为了打赢这场官司，找回一个依靠党的致富政策富起来的农民的尊严，他不惜卖掉了家中的吉普车、四轮车和摩托车。妻子的精神病他顾不上帮助治疗，女儿因为没钱交学费而失学，大儿子送不起彩礼娶不到媳妇，面对出事前与出事后差别如天上地下的两重家境，史英俊无时不是以泪洗面。特别是上访和告状的经历，几度使这位年过半百的农民有过一死了事的念头。然而每当他坚持不下去想要一了百了的时候，他总是告诉自己，要相信自己是在听邓小平的话、是在以江泽民总书记为核心的党中央教导下靠勤劳致富的农民，不该受到如此不公，终有一天笼罩在自己头顶的乌云会消散。就是怀着这样的信念，他才一步又一步地走下去。

人祸使这个原本远近闻名的致富大户濒临家破人亡之境，信念又使这位庄稼汉日日夜夜在期待党的阳光与温暖重新照耀到他的身上。所以，1998年10月8日这一天，史英俊听村里人说如今县里新来了一位能够为百姓撑腰的梁书记，便顾不上吃午饭，跌跌撞撞地赶到县城，找到了县纪委，找到了梁雨润。

"简直是一帮土匪！哪还有点人民的公务员和我们共产党的执法者的形象！"梁雨润听完史英俊的诉述，拍案大怒。

这位同是农民出身的年轻的共产党干部，对农民具有特殊的感情。在运城采访结束时，我特意提出希望追追他的"根"。梁雨润当时很快答应了。那天是星期天，他正在上大学的女儿也在家，还有在当地学校当老师的梁雨润的夫人，我们一行几人来到离运城市七八十公里的梁雨润的家乡芮城参观。

恕我过去对祖国的"母亲河"——黄河了解太少，或者真心地说我这个从小在长江边长大的人因为十几年来一直听媒体在说"母亲河"时不时要断流的消息，以致怎么也提不起对黄河的那种特殊感情。因为我的家就在长江岸边，从小看到的长江宽达几里的滔滔江面，望不到对岸。历史上的文人墨客为黄河写了那么多壮美的诗词歌赋，并将这么一条常常断流的、在我看来与长江相比只能是条小河沟的河誉为"母亲河"，我心底不服——为我的母亲河长江而不服。

但从运城出发越过巍峨的中条山，来到梁雨润的出生地，我才第一次真正地看到了黄河，从此也对黄河有了真正意义上的认识。

梁雨润与我同岁，只比我大几个月。但我不曾想到我的这位同龄人的童年环境与我的却有着天壤之别。我出生在长江边的一座历史名城，虽然城市不大，但却在三千年前就有了漂亮的城郭，孔夫子时代，我的出生地就有了"江南第一才子"言子先生，此人也是孔子唯一的江南弟子。我还知道在两千多年前我们那儿就是吴国都城了，从此姑苏名扬天下。我还知道就是我那个在长江边的祖籍宅居，在两百年前被"长毛"——太平天国的义士们烧过，之后还曾被军阀土匪和日本侵略者烧过。但三次大火之后我们的何氏宅居从未断过炊烟，相反越烧越兴旺。我从小看到的是"晨听茶馆声，夜闻江水拍"的江南之景。我曾经追寻过祖先的足迹，但后来发现他们都太皇族化和洋化了——有在唐、明两朝为皇亲国戚的，有上世纪初就在美利坚和日本国当了议员、教授的……这就是我小时候所听到和看到的。

但作为本文主人公的这位同龄人在与我相同年龄段时则是身处另一番天地了。

那天我们到他老家去时，梁雨润的老父亲和老母亲都在家，二老身体还挺硬朗，听说我要了解他儿子的"身世"，便愉快地带我到了梁雨润的"生身地"。

这不是黄河么！大约在梁雨润父母现住所的两三百米之外，我忽然被脚下的一条弯曲的大河所惊骇。

是。梁雨润给我介绍，说他从小就在这黄河边长大。因为那时人们都很穷，尤其是像他这样属于"库区"的农民们，没有好地，只能靠河维持生存。在高高的黄土坡上俯瞰弯曲蜿蜒的黄河，会看到河的两边是宽宽的滩床，这些滩床现在已经绿荫成行，田地成方。梁雨润的母亲告诉我，他们那一辈就是从紧靠河床的土窑里出生的。到了梁雨润他们这一代，他们的"家"就从紧靠河岸的土窑往上搬了二三百米，但还是属于黄河的滩岸，还是清一色的土窑。从高坡下到十几米深的岸滩上，在这里我看到了参差不齐的挖掘在岸崖上的一排土窑洞。从残留的油灯及墙上张贴的画可以看出，这里的主人离开这儿的时间并不长久。

"润儿是在这个窑洞里出生的。"梁雨润的母亲指着那三个窑洞之中的一个，颇为自豪地给我介绍。

"润儿应该在这儿生活了十几年吧？是我带乡亲们破除旧观念，首先从河滩的窑洞里搬到了岸头的平原。"曾是村长的老父亲情不自禁地抚摸起那条土炕，久久没有缩回手，似乎还在感受土炕上的那丝微温。

这时我的同龄人也走进了这个给予他生命的土窑。梁雨润在里面端详着每一块黄土，仿佛要寻找昨天刻在土墙上的计算每年交学费的小账。他告诉我，当年为了从这个土窑走出去上学，他每天放学后背着竹筐，下到河滩，然后用嫩弱的肩膀，一筐一筐地将黄沙背到200米高的半岸处——自己家窑洞口，等背到可以装几车时，再将沙背到岸头，然后用小拉车拉到十多里远的县城，卖给那些需要黄沙的建筑单位。每拉一千斤是45元。而正是这4.5元一车的黄沙，使梁雨润比别人更早地从河滩上走到了黄河岸头。

我几乎想笑：我的同龄人从原始式的土窑洞生活"进化"到现代人，仅用了二三十年！1971年，他随父亲和全家从黄河岸边的窑洞里，搬迁到了岸上的村庄，开始融入现代社会。但即使是这样，他们的家还在黄河边，每天都能听到黄河之水的咆哮声。

这就是中国的现实社会。一个古老和原始、落后和现代，永远相随相伴着的农业社会。我转身远眺一望无边的黄河滩，如今还有相当多的人家依旧在岸边的土窑洞里栖息繁衍，白天像梁雨润当年用竹箕背着黄沙，天黑后坐在炕头看着新世纪巴黎的流行时装表演节目。除了在饭后茶余议论议论天南海北的精彩世界外，一切都是昨天和前天的生活方式。即使是身为当地"大官"的梁雨润的家人，他的那位值得尊敬的老父亲，现在还是主要靠侍弄河滩上的那几十亩苹果树为生。

黄河为什么被中国人称为"母亲河"，从这一天开始，我才认清了它的真实含义。在我的理解中，人们之所以称其为"母亲河"，是因为这儿的人们无法离开这黄河母亲的乳汁，是黄河给予了他们一切。这不仅仅是文化的概念，文化在人类社会发展的诸多因素中占有多少分量？比得上人类生命的全部意义吗？

同时我现在也才明白，长江为什么不被长江人称为"母亲河"，是因为长江人不用在长江的岸边挖土窑洞居住，长江人的身后是肥沃的稻田和飘香的柳枝，前面则是小桥流水的城市。

长江滔滔也无法比拟黄河涓涓给予那些在岸边土窑洞生活的人们的生命乳汁。

母亲总是在贫穷中更显伟大与慈祥。黄河属于这样的母亲，因而她成为中国这样一个农业国的母亲当之无愧。

　　我也许在这时才更加意识到史英俊这样的黄河岸边的农民为何对失去土窑里那库果子有那份痛彻的悲愤。他发誓要找回属于自己的尊严和财产，其实他想找回的是他和他全家的生命。

　　我的同龄人，与史英俊同为从土窑洞里走出的梁雨润，当然比谁都理解史英俊心头的悲愤。

　　"老史，你尽管放心回家，只要查实你受害的事实，我一定会把这些丧尽天良的不法分子清除出司法队伍，让你安心走致富道路。"梁雨润说。

　　"谢谢你了，梁书记……"史英俊"扑通"跪下双腿。

　　"老史，你这是干什么？快快起来！起来！"

　　"不。你就让我诚心诚意地为你磕几个头吧！"史英俊此时已经泪流满面，"这第一个头是我史英俊给你磕的。这第二个头是代孩子他妈磕的，她已经痴呆了，不能自己来磕。第三个头是代三个娃儿给你磕的，你一定得接受……"

　　"老史……"梁雨润不知说什么为好，只觉得眼泪跟着流了出来。

　　第二天一早，梁雨润跟谁也没打招呼，便独自来到了史英俊家。

　　"哎呀，是梁书记，你这么早咋就来啦？"刚刚起床的史英俊开门一看，吃惊不小。

"对不住了，老史。"梁雨润边招呼边进了史家小院，道，"昨晚一宿没睡着，一直想着你家的事，天明就来看看。不妨事吧？"

"哪里哪里，我做梦都想不到你会亲自来。说真的，你怎么会来我们家呢？昨儿个你给我的一番话，我听了就想，即使我家的事再没人来处理，我也认了，因为我看到人民政府里有你这样的官在，我们庄稼人就心里踏实了。我真想不到你会来我家啊！"史英俊激动得有些语无伦次。

"梁书记，梁书记——"史家老少几口子这时已经闻声出屋，并在小院将梁雨润团团围住，齐刷刷地跪在他面前。

"看看，看看，老史，你让他们起来！快快。"梁雨润忙弓下腰，上前一个个扶起。

"坏人，坏人要完的，要完的……"史英俊的老伴披头散发，独自在院子里转悠，嘴里不停地说着同一句话。

看看坐在小板凳上将头埋在裤裆里长吁短叹的史英俊，和他披头散发的老伴及一步不离跟在娘后面的那个背着书包的小姑娘，梁雨润心头一阵阵酸疼：是那些不顾别人死活的家伙，让这么个原本富裕的农民家庭落得如此境况，真是罪不可赦。

梁雨润瞅着史英俊的小姑娘，突然想起道："小娃儿，今天是星期天，你还背着书包干啥？"

　　"哇——"不想孩子大哭起来。哭得两只瘦小的肩膀在不停颤抖。

　　"老史，这孩子咋啦？"梁雨润感到奇怪。

　　"唉——"史英俊长叹一声，说，"自打前年一窑子的苹果被抢后，家里既要还贷，又要种地，一下落了9万多元的债，孩子她妈病成这个样都没钱上医院治，娃儿还哪上得起学……"

　　"这哪行？"梁雨润的手伸进了自己的口袋，从里面掏了掏，正好是1000元钱，然后塞给史英俊，"孩子她妈的病要抓紧治，可娃儿上学一天也不能耽误。"

　　史英俊接过钱，双手抖动了半天。"娃儿，过来给梁书记磕头……"

　　"别别，老史，你不能这样作践我。知道吗，是我们这些党的干部没有把工作做好，让娃儿他们跟着受难。你再让他们向我跪下，不是在作践我们党吗？是我们工作没做好嘛！是该我们向娃儿他们请罪呀！"

　　梁雨润后来对我谈到他第一次进史家时的感受，说："那一次我几乎是'逃'出史家的，他们一家人要向我磕头，可我心里想要磕头的是我。是我们这些为官者没有管好自己的那一方天地，才使史英俊这样的百姓受了这等苦啊！"

　　我确信这是他内心的真实感受。同时也明白了他后来为什么在重重压力下义无反顾地一直坚持将此案查得水落石出。

"老胡，把史英俊一案的案宗给我马上拿来，我要看！"从史家回到县城的办公室，梁雨润立即命令纪委的同志调当时几个部门处理该案的材料。

"真是岂有此理。这样一件事实清清楚楚的案件，竟然会办不下去！涉案人至今仍逍遥法外！这世间还有没有公道可言了？"梁雨润拍案而起。

"马上通知公、检、法、司四个部门的领导到纪委，史英俊一案必须立即处理。不能再拖一分钟。如果我们再拖着不处理，就跟那些到他家抢苹果的人没什么区别，是一种犯罪嘛！"

"梁书记，单就这案件的性质我们都清楚，也知道该怎么惩治这些违法乱纪者，但为啥拖了这么长时间你知道吗？"

"不就是因为涉案人员都在执法部门嘛！"

"还不全是这个原因。还有另一个原因。"

"啥？你赶快说来。"

"这案是现任县委主要领导前两年直接抓过但一直没有了结的案子。"

"这不是更需要我们抓紧办嘛！说明县委领导都非常关心此案！"

"你说的是其一。"

"其二呢?"

"这不明摆着：你要是把它弄清楚了，不是让县委主要领导下不了台嘛!"

"你!"梁雨润一听这话，眼睛就瞪大了，"你这话听起来倒像是为我着想。可是你想过没有，如果我们尽快查清和处理了，可能使我的直接领导有些脸面不好看，但这仅仅是一个人的事，相反，我们如果处理不好，那全县的老百姓的眼睛都盯着我们，盯着我们这些共产党的干部，那可是我们整个共产党的脸面嘛!"

纪委的同事们再也不说话了。其实大伙儿心里早冒了一团火，身为共产党干部，谁不想为老百姓撑腰?

"行。有你梁书记这话，我们就更不用担心啥了。你说吧，咋干?"

"'史英俊苹果案'的整个事实和性质不都很清楚吗?所有涉案人员都是司法部门工作人员，别人想治他们不是难吗?那好，根据党授予我们纪委的权力，现在我们就案件性质进行讨论，如果确属国家公务人员违纪违法行为的，我们就立即'双规'他们。"

"对。我们举双手赞成立即对几个涉案人员进行'双规'。"

"好!大家意见统一，那么我们立即行动!"梁雨润站起身，"等公、检、司、法四个部门的领导一到，我们就宣布'双规'决定。"

这是一次在夏县政法史上少有的行动，一天之内，公安和法院两个部门的十来个人同时被宣布"双规"，并且一个不漏地全部被送进了夏县重大案件的办案地——温泉二招。

司法部门历来是敏感部门，不到一个下午时间，全县上上下下全都知道了梁雨润他们的行动。据说那几天里夏县有点像经历了7级地震一般，特别是在小小县城内，只要大家一见面，就会情不自禁地相互问一句："知道了吗？都'双规'了！"

"双规"是《中国共产党纪律检查机关案件检查工作条例》和《中华人民共和国行政监察法》赋予纪检监察机关的一项重要权力，是党内和行政机关在确实必要的情况下，对一些重要或复杂的案件所涉及的有重大嫌疑的党员、干部和有关人员进行内部审查的一种措施。其目的是查明真相，排除干扰，以便作出实事求是的处理。"双规"措施要求有关涉案人员在规定的时间和地点就案件所涉及的问题作出说明和交代。

俗话说，做贼心虚。在"史英俊苹果案"中扮演主要角色的公安局刑警李将、法院执行庭法警杨东海等人被"双规"后，先是大吵大闹，根本不把纪委办案人员放在眼里，嚣张至极。

第五章

那几日，梁雨润由于劳累过度，正卧床输着液。当他得知这种情况时，不等汇报工作的同事找来医生，他就将输液的针头一拔，直奔距县城十里的办案地温泉二招。

"梁雨润，你在夏县才待了几天，你算老几？竟敢把老子'双规'？"那个自以为在夏县没人敢动他的李将，见了梁雨润，便大吵大嚷道，"你们这是非法拘禁，我要去告你们！"

"这是你应有的权利，但现在你得老老实实先把自己的问题说清楚！"梁雨润义正词严地告诫他。

"我就是不说，你能怎么办？而且我还告诉你，在夏县这一亩三分地上，我李将想干什么就干什么！你梁雨润敢拦我？让开，我要回家！"李将猖狂地扒开办案人员，凭着那五大三粗的身板，满脸杀气腾腾地欲往外走。

"李将，你给我站住！"梁雨润快步上前大喝一声，将其堵在门口，"你要不交代清楚问题，想出这门一步，我看你有没有这个胆量！"

兴许沾了一身土匪习气的李将还从未遇见过有人敢这样在他面前说话，也许这外强中干的家伙做贼心虚，总之梁雨润的凛然正气，如同巍峨泰山，震得李将连连后退了几步，没敢再越门槛一步。

在夏县能把李将这"茅坑里的石头"给摆平，一直在反腐治恶第一线的纪委同志们还是头一回见。"梁书记，有你在，什么样的案件我们都敢接了！"办案人员士气大振。

然而，由于"双规"人员都从事过公安司法工作，他们的反侦查能力也相当强。

一旦他们明白自己陷入困境之时，第一个职业性的反应便是订攻守同盟。由于这个案件在这之前就有过两次立案调查，这批"双规"人员已经形成了某种默契——只要一有风吹草动，他们立马变守为攻，而且态度极其蛮横。参与此次立案的纪委办案人员，过去出于工作上的需要，也曾同这些被"双规"人员共过事，也一起办过案，相互之间都十分了解，对方甚至对办案人员家住在什么地方，孩子上几年级，什么学校，都一清二楚。

"兄弟们，咱都是夏县的乡里乡亲，平时抬头不见低头见。你们千万别为那个姓梁的卖命，人家是孤身一人，吃饱了一个饿不着全家。你们哪能跟他一样？要是把兄弟们逼急了，即使我们没机会回去，你想我们的那些兄弟、孩子，他们会饶得了你们？"有人使攻心战术。

有人则来硬的："'双规'算啥个东西？老子不怕。别看你们现在神气，老实告诉你们这些人，即使今天老子在劫难逃，被你们判个十年八年，可就是等十年八年后，老子还年轻着哩！到那时看我怎么收拾你们！"

案情比预期的要艰难和复杂得多。加上这些"双规"人员的嚣张气焰和他们身后的强大社会关系网，使得个别办案人员也产生了畏难情绪。刀光剑影的较量刚刚开始，军心不稳是梁雨润感到最担忧的。那些日子他除了必须处理的其他工作不得不离开外，一直坐镇办案现场，以振军威。有一次家中急电，说他的那位九十岁高龄的老祖母病重。梁雨润吃过晚饭赶回老家，等老祖母输完液，已是深夜2点钟。家人让他在祖母的病榻头眯一会儿，可梁雨润想着夏县那几个"双规"人员的事，怎么也睡不着。这些人神通广大，反侦查的能力未必在纪委的办案人员之下，万一他们找些茬儿弄出点事来怎么办？

"兄弟，走！我们马上回夏县！"梁雨润叫醒司机，俩人借着月色，翻山越岭，飞驰在盘山公路上近三个小时，凌晨5点钟赶回了夏县的办案点。此时，正值人们熟睡之际，办案处的大门紧锁，四周一片寂静。梁雨润是个急性子，心想等天亮还有一两个小时，不如想法早点进去，便让司机做人梯，"噌"地越墙进了办案处的庭院内。

"梁雨润，你别以为自己是谁！老子在夏县拉的屎都可以筑成一道铜墙铁壁。你能拿我怎么样？小心搬起石头砸了自己的脚！"几个"双规"人员一见梁雨润出现，果真像急红了眼的赌徒，将这位铁面无私的新纪委书记恨得牙齿咬得"咯咯"响。

梁雨润用鼻孔朝这些害惨无辜农民的家伙"哼"了一声，回敬道："即使我搬的石头砸了自己的脚，但请你们明白一点，首先砸的肯定是你们的头！"

"咱们纪委干部是什么？是共产党的一把剑，一把专门斩除党和政府躯体上的毒瘤的钢刀利剑。大家记住：宁叫人打死，也不叫人吓死。因为我们是共产党的纪委干部，不能在这些人面前当熊包！"在办案工作人员全体会议上，梁雨润鼓励大家，同时他通知有关部门对所有办案人员及家庭成员的保安工作做了具体布置，使办案人员解除了后顾之忧，以更加坚定的信念和顽强的精神投入战斗。

经过二十多个日日夜夜的艰苦的拉锯战，终于彻底查清了夏县历史上少见的一起公安、司法和法院三个执法机关人员共同参与的合伙欺诈农民的大案。5个主要涉案人得到了应有的惩治，原公安局刑警李将和原法院执行庭负责人杨东海等分别受到开除公职、开除党籍处分，并被移交司法机关惩处。

在史英俊向梁雨润下跪哭诉两个月后的1999年1月8日，夏县再一次召开声势浩大的"反腐败斗争公处大会"。不可一世的原公安局、司法局和法院的5名"史英俊苹果案"的主要犯罪嫌疑人李将、杨东海等被公处。史英俊所在的王村数十名干部群众，冒着严寒赶到会场。当他们听到李将、杨东海等人受到严惩的决定时，激动得振臂高呼："共产党万岁！"

人民群众出自内心的这欢呼的口号，似乎让我们在感到亲切的同时又有些遥远……真的，不知为什么，我觉得现在能看到这样的场面是一种庆幸，一种希望。

夏县人民受这帮"比土匪还恶"的司法部门里的蛀虫的危害实在是太深重了。过去他们只能不敢怒也不敢言，因为言者就会吃苦头，怒者要杀头。这并非骇人听闻。想一想，这些手中有着可逮你、可抓你权力的人，他们一旦认为需要找你麻烦时，只要稍变着法，弄点"理由"出来便可整治你，而且通常是一切手续和程序都合法。即使不合程序没有手续他们也不怕，可以"补"呗！啥也没有的小小老百姓又能拿他们怎么样呢？称王称霸者清楚，只要他们还穿着那身制服，手中还掌着权，啥事都可以颠倒过来说。"史英俊苹果案"之所以拖了几年，症结就在于此。可怕的是那些欺压群众、鱼肉百姓的人，在他们的心灵世界里还有一个看起来似乎荒唐但却是真实存在的谬论：他们把为一些亲朋好友办事，把为一些既得利益者办事，甚至把为贪官恶霸办事看成了是在"为人民服务"。在这些人心目中，"人民"的概念完全是另一种对象。他们在为这样另一种概念上的"人民"服务时，所表现出的某一份"积极"与"努力"，更使他们对待真正的人民群众时丧心病狂，无恶不作。我看过李将的原始卷宗。此人在"史英俊苹果案"案发前十几天，曾因参与一起 24 人的集体赌博而被运城公安处查处通报。当时公安局领导也找过他谈话，并给了他处分。李将在事实面前也痛哭流涕过，他在自己的"检查"中说过这样一段话："我深感自己作为一个公安执法人员不该知法犯法。今后我一定要加强政治学习，提高思想觉悟和警惕性，以免让坏人钻空子，在社会上造成不良后果，请纪检部门监督。"初看这样一份"检查"似乎让人觉得他是个初入迷途的人。

其实就在给予他处分的决定宣读后没几天，有人以利益来引诱他时，他马上暴露出一副贪得无厌的嘴脸。再看他在"史英俊苹果案"中，手持枪杆，横行霸道的土匪恶霸行径，能说他对以往所做过的错事有半点真实的悔意吗？没有。一丝也没有。令人气愤的是，像这样不拿老百姓的财产和生命当回事的人，竟然也会厚着脸皮大谈"为人民服务"和自己的"形象"问题。我们不妨拿出李将在"双规"后期写的那份"检查"读读："……我深刻认识到自己的这种行为是极其错误的，而且也是十分有害的。它有损于一个国家干部的形象，有损于一个公安干警的形象，破坏了党群关系，破坏了警民关系，在人民群众中产生极坏影响。此次出现错误，自己从内心讲，对不起党，对不起领导和人民群众，更对不起生我养我的父母。今后一定要加强自己的学习和修养，加强政治组织纪律观念，树立全心全意为人民服务的思想，做一个人民满意的公安人员。"我拿到这样一份"检查"，对照李将前后两次十几天时间内所犯的罪行及其严重程度，我只能得出这样的结论：要么两次"检查"都是抄别人的，要么此人根本不懂得什么是人民和为人民服务的概念。因为我不敢再往深里想：如果他真的知道像史英俊这样依靠政策致富的老百姓，正是我们共产党和一切共产党执政机关、办事人员需要特别保护和服务的人民群众的话，那么李将等人就是明知故犯，就是比一切反动派更反动的人了！

百姓不恨透这样的人才怪了！中国共产党几代人浴血奋斗夺取的红色政权和亿万人民群众在党的领导下创造的社会主义繁荣的宏伟大厦不能毁在这一类人手里！

败类！称这样的一群人为败类毫不过分。

我因此更深地理解了在那天公处大会上夏县百姓为什么会激动得高呼"中国共产党万岁"！

这是人民期待已久的一种心愿，一种局面，一种中国共产党领导下的社会主义本来的面目。

2002 年春节前我到夏县采访，关于"史英俊苹果案"这起"五顶大檐帽欺压一顶破草帽"的司法腐败重案，已经了结三年多了。但在翻阅当时的卷宗时有些问题还是引起了我的深思。现在老百姓最不满的是党内腐败问题，而在党内腐败问题中最让百姓不可宽恕的是司法腐败。他们对这样的坏人坏事的评价常常是：连"土匪""国民党"还不如。平日里我们只要深入基层走一走，就会发现这样的抱怨不仅仅出自一两个群众之口。这说明什么问题？

这说明我们的党在某些地区、某些方面面临着严重的执政危机。

从中国共产党成立初起我们的第一支队伍是工农红军，那时红军每到一处，人民群众会从心底里喊一声自己的队伍是"比亲人还亲的子弟兵"。那时我们的红军靠人民的乳汁哺育成长，又在成长中与人民群众保持鱼水关系。正是这样的鱼水关系，我们中国共产党才能从南湖的小船出发，实现了"百万雄师过大江"的历史性转折。1949 年，当蒋家王朝从大陆溃败，不得不移迁台湾，几乎与共产党人同时起家的蒋介石先生在东去的军舰上，面对滔滔海浪，不无沮丧地向蒋经国先生说了这么一句话："你知道我们国民党输给共产党的根本的一条是什么？是共产党他们把老百姓抓在了自己手里，而我们国民党几十年来走的是精英救国，对中国老百姓尽做些让人憎恨的事。千古教训啊！"

任何一个时期的执政者，如果不是将他们放在历史长河里检验，恐怕很难断定谁一定就对谁一定就错，你的好也许就是我明天的好，你的错也许就是我明天的错。要不江泽民总书记为何在中国共产党人执政五十年后特别提出了为确保牢固的执政地位，就必须坚持"三个代表"！中国共产党人如果不能在不断进步的现实时期，始终做到代表中国最先进的生产力，最先进的文化，最广大人民群众的根本利益，她就不可能完成历史使命，而有一天会像苏联共产党那样一夜之间被人民的多数所抛弃。这样深刻的教训时时提醒着我们。

夏县区区几十平方公里面积，几十万人口，但在梁雨润上任纪委书记之后，因为惩治两起司法腐败案，一时间，用群众的话说"夏县终于能见一片青天了"。于是上上下下的人民群众纷纷向纪委等单位投诉报案，短短时间内，列入县纪委和政法委的大案重案竟然多达一百多起！

啥叫重案大案？这在司法中是有充分解释的。就是那些人命关天、久拖不决、积怨巨大的案件。区区几十万人口的小县，可以列出如此之多的案件，这让我不得不信那里的老百姓曾经对我说过的话："夏县无青天"——此话虽然说得严重了些，但对那些深蒙冤屈的人民群众来说，这种比喻不是没有一点道理的。

共产党的天下怎么可能没有青天？梁雨润上任这里的纪委书记后，当听说群众有这样的言论时就坚决不信。然而信和不信靠什么来论证？只有让事实来说话。这一点也正是梁雨润心中坚定的一种观点。

从胡正来的300多次上访案到"史英俊苹果案"的解决，一批多年来称霸夏县一方天地的执法人员纷纷落马，使以往百姓有冤无处申、有屈无处诉的局面一下来了个翻天覆地的变化，一时间，"夏县有青天""梁书记能办事"的消息不胫而走。昔日几乎每天都有人喊屈叫冤的县委大门口，如今更是从早到晚都挤满了成群结队的上访和告状的人。

"这还了得，县委机关还上不上班了？"

"就梁雨润他一个人逞能呀？我们在这块地盘干了几十年反倒都成了别人的出气包了？"

干部们的埋怨在情理之中。但是也有人借机将私愤一起泼向梁雨润，道理非常简单，由梁雨润引燃的火快要烧到他们身上——那些有问题的人感到了屁股底下的宝座在发烫，因此一起在暗里使劲点着阴火，企图将梁雨润他们的办案人逼得退缩。

　　但他们想错了。当梁雨润看到自己仅仅惩治了两起腐败案，全县的百姓就如此信任自己，纷纷主动找上门来反映问题，举报案情，而且涉及的几乎都是某些权力机关不办事，办错事，一些干部，尤其是身为老百姓的父母官鱼肉百姓，对其疾苦和生命财产不闻不问甚至丧心病狂侵犯之案。

　　"我们共产党人是干什么的？就是为百姓办事，为人民服务。老百姓来县委找我们，不是什么坏事，是信任我们。要我看，找的人越多，越是说明他们真正开始信任我们了。我们怎么可以不管？怎么可以漠然呢？所以我认为，根据群众举报的线索，我们在调查核实之后，对那些凡是够得上立案的问题要坚决彻底地查处。因此我建议，结合夏县的情况，应采取特殊的措施，在全县范围内开展反对腐败整治党风的'双百会战'，即用一百天时间侦破和解决一百个人民群众亟待盼望解决的信访案件和久拖未了的积案，还夏县一个阳光温暖的青天给广大百姓！"

　　"同意梁雨润同志的意见，县委应全力支持这样的行动。"县委常委会上，全体人员都举起了手。

　　县委常委的这一举手，接下来的事可把梁雨润忙惨了。然而忙还毕竟是第二位的事，更让他内心暗暗打颤的是，一些在老百姓眼里被视为生死攸关的事，当反映到我们的某些领导和干部那儿后完全没有被当作一回事，或者轻描淡写地应付几下就甩到了一边，结果问题越拖越赘，最后让群众哭天不应，叫地不灵，轻者骂娘，重者砸党政机关大门。当有人看到群众真的砸党政机关大门时，他们出口就骂是"刁民造反"。君不知，一向温和谦让的平民，为何在你那里要起来"造反"呢？

有道是官逼民反。其实官不公，官不正，官不办事，民确实是要反的。

梁雨润处理的下面两起民事案颇为典型。这位"百姓书记"因为懂得上面这个理，所以经他之手，两起分别拖了十八年和三十二年的上访案也就迎刃而解，在晋南大地被传为美谈。

第六章

　　什么问题让农民最忧心？什么事对农民来说是最神圣不可侵犯的？没在农村待过，没有干过农村工作的人，绝对想象不出来。

　　我当然知道，因为我在农村待了很长时间。农民做梦都想得到的自然是土地，因为土地是他们赖以生存的基本条件，也是衡量财富的唯一尺度，几千年来中国的农民都是这样过来的。即使已经开始进入知识经济时代的二十世纪八十年代初，中国改革开放之父——邓小平推行的第一项政策就是满足农民对土地的渴望，"分田到人，包产到户"使处在贫困边缘的中国八亿农民重新获得了解放，并且在之后的一二十年里走上了致富的道路。至今，我们中国的社会，无论在政治领域，还是科技战线，或者是教育文化界，不管你承认还是不承认，土地意识与经营土地的理念，一直主宰着我们的思维与行为模式。这不单是一种封建意识，把这样的土地意识简单地视为封建文化，是狭隘的。中国人的土地意识是这个农业大国与生俱来的，即使我们跟着整个世界的步伐全面实现了现代文明，也无法抹去我们对土地深厚和浓烈的感情。

过去在农村我听父辈们讲过许多很有意思的事：说有一户农民，祖辈三代一直给别人当佃农，后来到第四辈时，这户人家积存了几十块银洋，那时蒋介石的统治快要完蛋了，有些富人害怕共产党，就在逃离大陆时很便宜地将土地卖给了佃农。这家佃农趁此机会买了40多亩地。当祖辈四代第一次在属于自己的田地里干活时，心里甭提有多高兴了。40亩地靠全家几个劳力干不是件容易的事。一些老佃农就找到这家户主，说过去我们都是佃户，现在你家有田了，可以当地主了，我们租你们几亩地种种如何？这户人家说不用，说我们自己能种。可到他们买回这40亩土地整一周年时，人民解放军百万雄师过了大江，江南一带全解放了。之后紧接着便是土改，划成分。按照当时政策规定，40亩土地可以评为富农了。负责划成分的乡干部过去与这户人家的主人都是地主的佃农，便悄悄跑到老朋友家透消息，说你也是吃苦人家出身，买的这40多亩地也是血汗钱换来的，不易啊。可现在社会变了，按政策规定你家这么多地就该是"地富反坏右"分子了，但我不忍心见到你们一家划进阶级敌人的那一边。怎么办，最好还是你们主动把土地退了，那个地主老财家不是还有个老家伙没到台湾去嘛！你们把地一还，啥事就都没啦，与我们一样都是社会主义的新主人了！老朋友走了，这户人家聚在一起商量了一宿，最后还是决定不将地退给地主家，说啥都可以不要，但这地已经是我们家的了，就不能丢掉，就是扣一顶富农帽子也不在乎。就这么着，这一家祖祖辈辈给地主当牛做马的劳动者，在土地改革后，不仅全家的40多亩地归公了，而且从此戴了30多年"阶级敌人"的帽子，害得第五代人没有一个读完初中。

　　另一个故事的主人公是我笔下的人物。他是一个在二三　十年代就在上海与鲁迅先生等人一起笔伐蒋介石的人。抗日战争开始，他以开明地主的身份，为共产党新四军出过大力，那出家喻户晓的现代京剧《沙家浜》里，本应该也有他的身影：因为当年这批驻在沙家浜的新四军和主力部队的许多枪支弹药都是经他之手弄到的。不仅如此，他还一次又一次变卖自己祖上留下的地，为新四军筹枪筹粮筹药。到解放战争时期，他把上千亩祖上留下的地一块块变卖成共产党队伍的军用物资，最后到土改时，他家仅剩下了100多亩地。可就这100多亩地，使这位革命功臣的后半辈子蒙受了奇耻大辱，直到他83岁时才摘下了"地主分子"的阶级敌人帽子。这么一位过去只会靠笔杆子革命的红色书呆子，却因为土地的缘故，使他那副文弱的身躯足足在最繁劳的田野里当了50年农民。去年我回老家时才知道他不久前已去世。老人家的后人对我特别友好，因为我是第一个著文为这个革命功臣平反，并且使他的传奇事迹见于报端，广为传颂的人。

土地对中国农民来说就是命根子。

新中国成立后，土地归了国家所有。农民拥有的便仅是那块生活的宅基地。

而由于大片的土地不再属于自己，农民们便视自己的宅基地为一块神圣不可侵犯的王国。农民对自家宅基地的看重，一点也不亚于我们对国家领土的重视程度。

在一个安分守己的农民面前，你无论怎么辱骂和嘲讽他，他可能只朝你瞪一眼，或者干脆就躲得远远的。可假如你说尽好话，又悄悄想霸占他的哪怕一寸宅基地，那他就会愤而相抗，甚至付出生命也在所不惜。

这就是中国农民对自己宅基地"奉若神明"的信仰。

但有人偏偏对这样的神圣视而不见，并粗暴地践踏。梁雨润接到的一个案子，就是由于村干部没能妥善处理好农民宅基地问题，结果使那位农民上访长达十八年，与村干部积怨甚深。

这个农民叫王典才，老伴叫周爱仙。他们是夏县裴介镇朱吕村人。

到裴介镇朱吕村采访时，我不由想起春秋时晋国名士介子推的故事。

那天梁雨润说要到一个叫裴介的镇子去。在镇的东面，有座已经荒芜的坟墓，而坟前却竖着一块高大的石碑。我走近一看：哇，原来这里便是晋文公侍臣介子推的故里！关于介子推这个人物，现在的年轻朋友可能知道的不多，但读过历史的人都会知道介子推是个了不起的人物。在春秋时期，晋献公死后，儿孙们争夺国君之位，酿成内乱。次子重耳因受其兄排斥和后母骊姬的迫害，逃亡到了国外。途中由于连日奔波，饥寒交迫，侍臣们离的离，亡的亡，所剩无几。唯介子推等人一直护卫其左右。一日，重耳一行来到一个叫羊舍的地方，正值赤日炎炎之时，一路走来的重耳一行人困马乏，个个口干舌燥，饥肠辘辘。

公子重耳想起往日在宫中吃不尽的山珍海味，而今连粗茶淡饭也无处寻觅，不由连声哀叹，泪水涟涟。侍臣们见主子如此凄凉，很不忍心，便四处寻找食物。然而在这荒野之地，终无所获。介子推看着几近昏倒的主子，心里十分难过。他避开众人耳目，用利刃割下自己大腿上的一块肉，然后煮成羹汤，给主子端上。重耳忽然闻到如此鲜美的肉味，伸手接过连声称道："好香的野味，是哪位爱卿猎来的？"

可是众臣听到主子的问话后，谁都不敢应声回答，相反一个个低头避之。重耳颇觉惊诧，他随众人的目光看去，只见介子推此时正颤颤巍巍地站在那儿，脸色苍白，下衣沾满鲜血。重耳什么都明白了，上前跪在介子推面前哭道："介爱卿，来日平定天下后，我定当报你的大恩大德。"后来，在外流亡十九年的重耳回晋都继承君位，并大宴群臣，封赏随从。然而在受赏的群臣中，已是晋文公的重耳却忘了有恩于他的介子推。老臣们很不服气，便在国君的门上挂起书帛，写道："有龙矫矫，顷失其所。五蛇从之，同流天下。龙饥乏食，一蛇割股。龙返于渊，安其壤土。四蛇入穴，号于牛野。"晋文公见后连连说："我何以忘了介爱卿？罪过罪过！"随之传旨速请介子推。但此时介子推由于看到晋文公初登君位就没将心思放在改善百姓生活上，而是迷恋宫中华丽奢侈的生活，便伴老母隐居到绵山。晋文公知道后派人请介子推出山，但介子推终不愿回宫，并让人转告晋文公"和睦待人，不忘根本，同心协力，图强社稷"。晋文公听后更加感动，便亲自前往绵山。介子推闻讯后隐居到更深处。晋文公见请不回爱卿，便对手下人说："分三路把山上的草木给我统统烧了，唯留一路给介子推母子下山所用。"晋文公心想，这样你介子推不就下山了吗？但在火焚三日之后，山上的草木皆成烟炭，却仍不见介子推母子下山。晋文公急了，派人全山搜寻，最后发现介子推母子相抱成焦尸的惨景。晋文公见此失声痛哭，追悔莫及。为感念介子推的救命之恩和忠言相谏，晋文公封绵山为"介山"。

　　我文中的主人公王典才的家就在介山脚下。

　　1982 年，村上为了建一个供销社，看中了村中十字路口最好的王典才家的宅基地。村上把这个决定告诉了王典才，并说村里安排了两处风水上好的新宅基地让他任意挑一块。王家是老实巴交的农民，一听既然是村里的安排，便答应了。可真到挑地准备盖新房子时，发现那块上好的新宅基地已经被一名村干部的弟弟占了。王典才夫妇觉得自己被人耍了，就决定不搬了。王家的老房子是祖上传下来的，有些年头了。如今王典才的儿子也渐渐大了，也要准备娶媳妇，所以王家决定在旧宅基地上翻建四间新房子。村里干部看到了就派人阻挡。王家不服，说这宅基地是我家祖辈传下来的，凭什么不让我盖？村干部说：村里要发展经济，供销社是村里决定的一项"利民工程"，谁阻碍这样的事谁就是改革开放的"绊脚石"，是"绊脚石"就得搬走。王家又说，村委会的决定也得根据政策来定呀，你们不能想怎么着就怎么着。于是一头要盖，一头不让盖，矛盾就激化了。

　　王典才家要盖房子有自己的道理，因为是在自己的宅基地上，所以他们爱干什么就干什么。但村里也有招，你不是要盖房子嘛，那好，你盖房子用的电是从村上的线路上走的，我掐断了不让你用。王家第一回就没盖成。第二回王家找到了邻居家，说了个情送了点礼，用电线路问题解决了。

　　村里一看电断不了，就搬出乡土地办的人来说，不管你是在自家老宅基地上翻盖旧房，还是在新宅基地上盖新房，没有土地办的批准你就都算违法，王家第二次盖房又不得不停了下来。王典才的老伴周爱仙不甘心，跑了一次又一次，给乡土地办和乡干部说理，人家觉得没有理由不让王家盖房，就批准了。王家又开始了第三次盖房，这回王家理直气壮了，有乡里批文看谁还敢拦咱们盖房？村委会也不是一帮尽吃闲饭的人，几个干部一合计，你王家不是找了乡土地办嘛，那我们就找管乡土地办的县土地局领导，还是不让你王家盖房。王典才夫妇都是地地道道的老实巴交的农民，大字不识几个，以前也没有去过县城，可为了这"头等大事"，他们不得不往县城跑。王典才去了两趟县城，结果连县土地局的门在哪儿都没找着，还白花了二十多块路费，老伴数落了他一通，自己又跑了一趟。人家到底是县领导，你说个理出来，那县里大干部就是通情达理，说你们王家在自己宅基地盖房子没有错，村里想用你家的宅基地又不落实政策，错在他们那儿。

　　王家有了这"官话"，便像吃了定心丸，立即回去又动工，而且是把县上的"官话"转告给不让他们盖房子的村干部。这村干部毕竟经常跟上面的官打交道，说你王家到上面说的仅是一面之言，既然你们可以去说，我们同样可以向上级反映。村干部就跑到县土地局去闹：你县土地局同意也行，但我们全村百姓经济上不去，没了饭吃，我们就领着大伙儿上你们土地局来要饭吃！县土地局领导一听朱吕村干部的这番话，连连摆手：你们的事我们管不了了，也没法管。村干部便得意扬扬地回了村。可回村一看：王家的新墙都砌到能放窗那么高了！咋，真反了？各家出一个劳力，到王家把他们砌起的墙给我扒了！村干部火冒三丈。可动员了半天竟然没有几家愿去扒王家墙的。好好，你们都不愿出劳力不碍事，我出钱雇人来拆。村干部让人到外村叫来30多个人，说好了每人干一天30块钱。这回非常奏效，外村人与王家无亲无故，加上在家闲着也是闲着，人家给30块钱干这么点小活，于是来王家拆墙壁的人特别卖力，一会儿工夫就把王家新砌的墙"稀里哗啦"给平了。

王家老小怎么拦也没用，村干部在一边偷着乐。王家的气自然无法咽下去。从此便开始了一次又一次的上访，但这么一档子事王家有王家的说法，村里有村里的说法，结果让上面感到左右为难，干脆拖吧。这一拖不要紧，可是苦了王家。村里干部也心里不舒坦，觉得很丢村委会的威信，就又研究对策：你王家不是会上访嘛，不是凭着两条腿一张嘴巴到处把咱村里说得一塌糊涂嘛。好，那我们也不让你过上安生日子。有一次，王典才的老伴上访跑出了病，住了院。王典才去医院陪床，家里几个孩子也没在家。村干部们瞅准是个机会，亲自动手，上到王家的五间旧房子屋顶，将上面的瓦片掀了个精光，意思是你王家不是厉害嘛，不搬也行，那你们就这么"凉快"着吧。

　　这一下王家的日子可就难过了。王典才回家一看，气得卧床不起。老伴住在医院不知咋回事，提前出院回家，刚到家就又气得旧病复发，老两口就从此再也没有能力与村委会的干部们斗了。王家的大儿子原在市重点中学读书，准备考大学，听说家里的老房也给人扒了，跑回家提起一把镢头，气冲冲到支部书记家，砸了人家的临街厨房的小窗户。这下可就惹怒了"太上皇"了。支书觉得面子丢大了，找到派出所，硬要人家将王家的儿子抓起来，并提出要赔偿 6000 块钱。王典才老两口急得火烧眉毛，一是大儿子是全家将来的全部希望，真要给人家整了以后的前途就彻底毁了，二是这么多年为房子的事折腾进了多少冤枉钱，哪还有钱赔人家！一个小窗户本来就不值那么多钱，明摆着是要讹你嘛。王典才夫妇拖着病体，上支书家求情，支书连见面的机会都不给。后来总算托了个远房亲戚——也是支书家的沾亲带故人家，左说右说，算是同意让王家把砸坏的厨房窗子修好，但对方还是提出要赔 5000 元钱的"名誉损失费"。支书说，我堂堂一村之主，不这么整，以后村里人想砸我家房就可以砸了？5000 元不多！

　　王家觉得斗不过人家，便无奈送了 500 元过去，想了结此事。但支书那边不干，你不赔"名誉损失费"不要紧，我找人治你家小兔崽子。有一天晚上，支书知道王家的大儿子在家，便找了几个村上的小痞子，说今晚我支书包你们酒足饭饱，条件是你们给我整一下砸我家窗子的王家的那个小兔崽子。那帮好吃懒做的小痞子第一次得到支书的"重用"，满口答应将此事包了下来，他们酒足饭饱后，便醉醺醺提着棍举着刀来到王家。王典才的儿子一看这阵势，吓得拔腿就跑，长期不敢回家，从此神经分兮，行为也同正常人不一样，更不用说考大学了，连上中学都不得不放弃。王家一挫再挫，不仅再也没有能力盖新房，连旧房子都住着艰难。

1996 年夏，极少下雨的夏县连续下了几场暴雨。王家一家老小不能待在上面没有瓦的大房里，只得躲进一间做饭的厨房。黄土垒的墙，哪经得起暴雨泼浇？一日傍晚，王家老少几口子躲避的小厨房内发出了"吱吱嘎嘎"的异常声响。"不好，这房要塌！"没睡着觉的王典才赶紧叫醒全家，从小屋里逃出，站在屋外的大雨中。大儿子不愿出来，痴傻傻地对父母说我就死在里头吧！急得老两口儿连拖带抱地总算将他拉了出来，当全家人刚刚逃出小屋，突然"轰隆"一声，小厨房顷刻间夷为平地……王典才一家从此失去了自己的家园，五六口人不得不东借西凑住在亲戚和邻居家……

"天下哪有此等道理？为村里发展经济想办点事这应当，可不能不管别人的死活啊！"有一天，王典才的老伴周爱仙大妈上梁雨润的办公室声泪俱下地诉说了十八年来这桩事情的前因后果，令这位纪委书记也唏嘘不已。

"大妈,我知道这些年你们一家受罪了。虽然现在村里的干部换了一茬又一茬,但即使再难办,我也要把你们家的事解决了。你先回家,我会马上到你们那儿去的。"梁雨润望着一步一回头的周大妈,心中涌起万千感慨:一个农民,就因为村干部的工作简单化,使得全家几口人几年无家可回,如果见了这样的事不心疼,还算是共产党的干部?梁雨润觉得不能再让这些确有冤屈,又无权无势的农民百姓抛家舍业地往咱政府和干部的办公室喊冤叫屈了。

当日下午4点,梁雨润放下一个会议,叫上县土地局的刘副局长一起来到了王典才所在的朱吕村。

通过调查了解,得出结论:村里要在地处村中央地段的王典才家宅基地上建蔬菜批发市场,符合全村经济发展需要,应予支持。但决不能让需要搬迁的王家遭受损失而得不到相应的补偿。有了这样解决问题的基调,梁雨润就把村委会干部和王典才两口子叫到一起,进行谈话。王家提出腾老宅基地可以,但村上应该补助3万元钱。村干部则不同意,说可以考虑给一块好的宅基地,但这么多补偿费不能给。

梁雨润是抱着既来之必决之的信心到朱吕村的,他觉得拖了十八年不该再让王典才一家人流离失所;可朱吕村又是个穷村,村上的经济也要发展。所以梁雨润是铁了心要解决问题。可是双方谁也不让步，身为纪委书记面对这样的纠纷，他是不能像办重案要案那样向嫌疑犯拍桌子瞪眼睛的，只能耐心细致地做说服工作。

就这样，梁雨润一会儿跟村干部们谈，一会儿又回头找王典才一家谈。最后王家答应只要 1.5 万元补偿费。梁雨润和土地局刘副局长也觉得王家比较通情达理，实事求是。可哪想到村干部还是嫌多，坚决不同意。

此时"谈判"时间已到深夜 11 点。看架势作为当事者的双方都没有退让之意，这可把梁雨润急得坐立不安。他这才深知这么一件并不大的事为什么会一拖就拖了十八年。怎么样？再放一放？不行。梁雨润知道，如果再放一放，可能又是五年八年或者说不定是再一个十八年，那王典才一家可就给害惨了，而且对这么个穷村也不利啊！

"我说老王你睡了吗？刚刚睡下？那也不行，我就在朱吕村。你马上过来，今晚我们一起必须把王典才的事解决了，否则再拖一天我们这些身为父母官的干部就多一分对不起老百姓的罪过。你赶快过来，越快越好！"梁雨润拿起手机，又搬来了裴介镇的党委王书记。

十几分钟后，王书记到了。梁雨润与王书记分头做工作，村干部那边由王书记负责，王家就由他出面谈。又是一个多小时过去了，梁雨润和王书记碰头，结果是王家说看在梁书记的面上，同意再让一步，只要 1 万元补偿费。村委会那头意见却"铁板一块"——只同意给 7000 元，多一分也不给了。

"啥，7000 元？你们也太欺负人了。我们不搬了，一分补偿费也不要了，我们要你们逼得我们全家几年无家可归的损失费！"

村干部也不是好惹的，"你们不搬房也行，那就把户口搬出我们朱吕村！"

"凭什么？"

"凭你们不为全村人着想！"

"你们为我们着想了吗？"

"……"

王家和村干部又斗上了嘴，谁都不让谁。

王书记气得浑身发抖："你们看看，闹了十八年了，还想再闹十八年呀？"接着，他又惴惴不安地给站在一旁喘粗气的梁雨润端上一碗水："梁书记，您可千万别生气，这些人哪，都不是省油的灯。快喝口水，您从下午来了到现在连口水都没有顾得上喝，这些人也太不抬举人了。要不你还是回城吧，日后我们再慢慢调停，你看行吗？"

"不行！"梁雨润脸色异常严肃地在屋里来回踱步。那"咚咚"

作响的沉重脚步，使得方才还吵成一团的当事双方静了下来，十几双眼一齐聚集在梁雨润身上……

"好了，今天算我来你们村'做生意'赔了！刚才你们一方同意给 7000 元，一方要 1 万元。不是差 3000 元嘛，好，这 3000 元由我们纪委出！王典才家的问题已经拖了十八年了！我们不能让老百姓白跑十八年！怎么样？你们双方还有什么意见？"梁雨润说完，用目光扫了一下全屋子的人。

方才还个个怒发冲冠的双方当事人，现在则仿佛冰山一下被强烈的阳光所融化。

"梁书记……我们听您的。"王典才和老伴周爱仙"哇"的一声，哭了……

"梁书记，我们也没有说的……"村干部们的眼眶里也早已湿润了。

这回轮到梁雨润笑了，"那好……你们，你们现在就，就签约吧……我看着，看着你们签……"他用烧着火般的嗓子，断断续续地说道，当他摇摇晃晃地坐下用手端起那碗茶水时，竟然没有拿住，瓷碗"哐当"一下落在了地上……

"梁书记！梁书记——"众人赶紧围过来。

"没事没事。"梁雨润定了定神，说："今晚我在这儿看着你们签完协议后再回城。"

深夜一点半，朱吕村村委会和王典才一家有关动迁和动迁补偿的协议签订完毕。双方代表在上面签字画押，各执一份，镇党委书记也留了一份。

这时梁雨润站起来，一手拉着王典才的手，一手拉过村长的手，然后将这两只手握在一起，动情地说："干部和群众本是一家人，我希望你们永远好好地手牵着手，心连着心……"

这里有个关键的细节——就是当他看到王典才一家和村委会干部们为差的 3000 元钱争执不下时，断然说"由纪委出"这一情节。在采访时我特意问过梁雨润：这么做是不是有点勉强，因为纪委是党内监督机关，如果遇到同类问题都要靠纪委这样的部门或者你梁雨润来出钱，恐怕不太合适吧？梁雨润也无奈地摇摇头，说：其实这是个无可奈何的事，但在基层工作有时是非常具体和实际的，特别是一些久拖不决的老大难问题，有时就是因为某些具体的细节永远解决不了。他说处事有个原则：作为党的干部，应该想尽一切办法去为老百姓着想，尤其是在处理农民问题时，你得把最大的难处往自己身上揽，而不是推到农民身上。我当时看到像王典才这样一个并不大的宅基地问题，弄了一二十年没解决，心里非常难受，觉得它有损我们党的形象，所以那天我是抱着非解决不可的决心去的。最后矛盾的双方为了 3000 元僵持不下，我一着急，就说了"由纪委解决 3000 元"。当时拖了十八年的纠纷马上达成了协议。当然我回到纪委机关大家对我这么做有些不理解，这我完全谅解。我们纪委既非慈善机构，又非创收单位，只有一些公务事业费。但我把要千方百计为农民的利益着想和提高纪委处理问题的能力等道理向纪委机关的同志们一讲，大家终于明白了，那就是我们是共产党人，是共产党组织的机构，如果不努力想法为人民解决问题，把一些难题往外推，这看起来自己是省事了，但却是对人民的不负责。当然，我在处理王典才一事时使用的也是没有办法的办法。梁雨润朝我苦笑道。

从王典才家出来，梁雨润回到城里时，已见东方红霞满天。他刚上到县委大楼的二层——这是他的办公室所在处，突然有人高喊："快快，梁书记上班来啦！梁书记上班来啦！"

梁雨润抬头一看，只见与他办公室一墙之隔的一个平台上，聚着十几位群众。

"你们都是来找我的？那就请到我办公室来吧。"

自从梁雨润铁拳重击夏县"黑势力"，惩治几起腐败案和为群众办实事的事迹不胫而走后，县委大门口和他的办公室外楼道里，天天都会有数十名群众跑来找他。有的群众为了能同梁雨润当面诉说心中的苦和冤，不惜头天从几十里的乡下赶到城里，然后整宿等在县委大门口或梁雨润的办公室旁的那个平台上。

面对如此众多的农民兄弟进城叫屈申冤，梁雨润深感肩负的重任，于是为了尽可能地满足大家的需要，梁雨润把自己的办公室变成了群众来访的接待室。而在这接待和倾听农民们的一件件申诉中，他发现了许多无法想象的农民疾苦和人间的不平事。正是这些想都想不出的农民疾苦，使梁雨润心头更增添了共产党人的责任感。

这天一早，在众多上访人员中，一名满头银发的老太太一边哭跪在地上，一边举着一套满是血痕和窟窿的衣服，泣不成声地对梁书记说："梁青天啊，你一定要帮帮我啊，我都上访告状了三十二年啦！我已经老了，跑不动了，可，可他们还霸着我家的地，占着我的宅……"

梁雨润赶紧扶起老大妈，端水让座。"大妈，你慢慢说，等我弄清楚了问题，一定想法帮你解决好。你把事情慢慢说给我听听……"

原来这位大妈名叫崔良娟，家住该县埝掌镇上董村。崔大妈年轻时嫁给张保谋，张保谋是农家出身的知识分子，技校毕业后一直在太原钢铁厂工作。崔良娟一个人带着孩子在村里守着老宅，伺候年老的婆婆。因为丈夫长年在外，家里的事就靠崔良娟支撑着。那会儿像夏县这么个穷地方，谁家有个吃"商品粮"的，肯定是宽裕户。所以她家日子一直过得不错。崔良娟长得娟秀，干活又麻利，祖上留下的宅基地也很宽敞，难免招村上人嫉妒。"文革"开始的第二年，也就是1967年，村上有人喊着要筑一条"万年幸福的金光大道"，便不分青红皂白地推倒她家后院的一垛墙，一条集体用的"金光大道"侵占了她家的宅院两米多宽，还说这是考验她是不是甘愿"走社会主义道路"。

"凭什么占我宅基地？这是我男人家祖辈传下来的。再说你们也事先不打个招呼，既然都讲大公无私，那你们为什么不把'社会主义大道'先从自家院里通过？"崔良娟把气出病的老婆婆送上医院后，找到大队"革委会"主任责问道。

"你家男人是工人阶级，是革命的先锋队，你家不带头贡献谁还带头？要我说，别说是大队修一条金光大道占了你们两米宅基地，就是道路筑到你们院子的中央，你也该有个好觉悟嘛！"

崔良娟心里不服，第二天一早，她就告到了公社。

公社的一位干部告诉崔良娟说我们只管"革命"大事情，你这个人的私事我们没时间管，也不会管的。说完继续写他的大字报。

"这怎么能说是我个人的私事？再说我家又不是'地富反坏右'分子，他们凭什么推倒我家的墙，占我家的宅基地？"崔良娟原以为公社都是些明白道理的大干部，哪想会碰到这样的只讲大道理而不明白民情世故的人。她气得在那位公社干部的办公室里直打转。

那时崔良娟才 32 岁，在别人眼里她丈夫在外面吃"商品粮"，每月会给家里寄几十块钱回来，日子一定好过得很哩。外人哪知崔良娟的苦处，她上要照顾八十多岁的婆婆，下要拖带四个娃儿，供她们吃喝穿着上学。丈夫虽然在外，但一个男人啥事都不会料理，所以崔良娟还要时不时到太原去帮丈夫收拾收拾，尽尽做妻子的义务。那会儿是"农业学大寨"的高潮年代，你如果经常旷工，也算是觉悟问题。好在崔良娟那时年轻，里外都不耽误，不过这份苦只有她自己知道。崔良娟给我讲的一件事很能说明问题：那会儿她得一个来月上太原一次，男人三十几岁，正是需要女人热被窝的年龄，而且生活也需要女人打理。所以为了每月能上一次太原，她可受大罪了。家里孩子小，婆婆年纪大，都需要人照顾。四个女娃儿，上学的，吃奶的，排着队缠着她。而生产队里的"农业学大寨"活动中，女人们个个被鼓动得整日整夜里抢活干，不知时间，也不知劳累，拖得崔良娟一回家就想倒在炕上呼呼大睡。但她不行，娃儿们和婆婆还等着她做饭吃呢！于是她只好支起散了架似的身子，在院子里忙碌。怪也就怪在这儿，村上的男人和女人们见这里外忙得几乎是四脚朝天的崔良娟，不仅从没倒下过，那成熟少妇的样子还越来越招人眼。有吃商品粮的男人在外工作，有热热闹闹的婆娃整天围着乐呵呵，有宽宽敞敞的大院子。农民嘛，这些就是顶好的理想了。她崔良娟全有。说不出什么道理，反正村里人觉得你崔良娟家占的好处太多，就该在什么地方作出点"牺牲"，也好让村里其他人心头出口气。

事情就这么个理，虽然摆不上台面，但有人心里头就这么想的。

崔良娟哪知道这些理儿？她心中只有一个信念：嫁到上董村的张家来，就要操持好这个家，不能让张家的院子少一寸地。

但现在村里修路，没动其他任何一家的宅基地，偏偏将她家的院墙推倒了，而且令人气愤的是竟然没有一种通情达理的说法。崔良娟觉得自己的男人不在家，而自己在家里却眼睁睁地看着别人把老宅基地占了一块，这份"罪孽"重啊！她找公社没解决问题，便跑到县上找领导。找县领导比找公社干部难上好几倍，更何况，那是"文革"打砸抢和揪走资派最激烈的时候。有一次她好不容易打听到一位县长在某个地方，她便去了，可一上那儿就被几个造反派逮住了，问她干什么的。崔良娟说我家里有事找他。造反派说县长已经是走资派了，你这个女人还要找他？造反派左瞧右瞅，总觉得这个俊少妇跟当走资派的县长有什么关系。"搜！"几位女造反派，也不管崔良娟的叫嚷，把她通身摸了个遍，查出了她身上带的四根自己做的麻花。崔良娟说是自己做的，准备"上访"期间吃的。造反派不信她的话，说肯定是那个当走资派县长的什么"亲信"（那会儿还不叫"情人"一类的词，但意思差不多），这四根麻花很能说明问题。然后又说，现在是"伟大领袖"

指引下全国上下一片红的时候，你一个女人出远门搞什么上访，这本身就是反革命活动。抓！崔良娟就这么着被稀里糊涂地关了一夜。大概第二天造反派给崔良娟所在公社打了电话，才弄清了她并非是"走资派县长"的什么人，这才把她放了。回到家，她还未踏进院子，就听院内传出孩子们悲伤至极的哭喊声："奶奶，奶奶你别离开我们呀……！"

"你别走啊，好奶奶——！"

崔良娟顿时双腿一软，瘫坐在门槛上。婆婆的死是与宅基地被占有关的，医生证实，当时老婆婆住院时一则气虚，二则她的胳膊有积血。前者是婆婆看到自家的宅基地无辜被占后气的，后者是那次村里来人推墙，婆婆上前阻止时被人扯着胳膊拉扯了好一阵留下的。婆婆年岁本来就大，哪经得起这番折腾？其间又听到儿媳妇到上面反映情况遇到的坎坷，这一气一忧，结果带着未愈的伤势和冤屈离开了人世。身为媳妇的崔良娟为此受打击巨大，更觉得自己"罪孽深重"。作为张家的媳妇，在男人没在家时，自己既没守好宅基地，又搭上了老婆婆的命。崔良娟这回豁出去了，她并没有马上把老母亲的死讯告诉在太原工作的丈夫，而是先找到公社干部，想用婆婆的死来换取上级领导的公正说法。公社干部一听事情到了这一步，赶紧派人来崔良娟家做工作，说无论如何先把老人的后事给解决了，其他的事好商量。我们是代表公社的，是一级政府哩！得相信我们。崔良娟是老实的妇道人家，公社干部立下的保证她能不信？在这种情况下，她才叫回丈夫，擦着眼泪将老人入了土。

可崔良娟发现，等她把婆婆的后事处理妥当后，公社对她家的宅基地问题却没有任何动静。她找那个曾经拍胸脯包她解决问题的领导，公社干部告诉她那位领导已经调走。那就找新领导吧，崔良娟不得不又从头说起，新领导说一定过问一下。可他的这一过问就没了"下回分解"。等十几天后崔良娟再去找到那新领导，人家说这事还得找村里的干部。崔良娟发现，自己磨破了几双鞋，结果还是转到了原地。

"你去上面告呀！别看生产队队长官儿最小，可就是毛主席他老人家说的话，要办的事，最后还得落在我这个生产队长头上。你崔良娟脚踩的是咱们上董村的地，你就得接受咱队上的领导指挥。告状没用的。"生产队长抖着"二郎腿"，一副可以领导中央的架势。

崔良娟不服，她不相信共产党领导的天下没有能说理的地方。从此这位年轻的农民少妇便开始走上了一条漫漫的上访之路。

尽管那时还在"文革"期间，但崔良娟不信邪，因为她心里装着两个"保佑菩萨"：一是自己的成分是贫下中农，二是丈夫是工人阶级。但虽有这么硬的"菩萨"保佑，仍不起作用。崔良娟跑了几十回县里、省里，那时大家都在"闹革命"，没有人理会她，倒是岁月的痕迹在这位少妇的脸上留下了几道皱纹。

"四人帮"倒台后，改革开放了，农村又来了新政策，包产到户，联产承包，热火朝天。可令崔良娟万万没想到的是，当年后院被占去的两米多宅基地问题不仅没有解决，1982年，村上又在她家的前院门口划去一块宽3米、长17米的地方，说是在这儿要修一条新路通过她家门口。村上的交换条件是：顺着这条线，她家的宅基地往后移动同样大的一块地方。崔良娟是个通情达理的人，虽然"文革"中的那档子事还没有了结，可现在毕竟是改革开放年代。那时她三个大的娃儿都在上学。四娃儿还在她怀中吃奶。丈夫写信来希望她到太原待一段时间，好多腾出些时间为厂里技术革新多做贡献。临走时村上干部找到她，向她再次催促关于在她家门口修路和往后移宅基地的事。

"这回村上事先打了招呼，我服从统一规划。"崔良娟通情达理，去太原前将院子的大门钥匙交给了一名村干部。

可是半个多月后回来一看，崔良娟拍着大腿喊屈：前院已经按村上筑路要求给刨走了一大片，本该往后挪移的地方却被住在后院的邻居李某家高高地砌上了一道墙，并在此墙靠崔良娟家这边又挖了一条深深的沟壑，凡是明眼人一看便知，村上规划中让崔良娟家后移的地盘，后院人家却不准她后挪一寸。

这不明摆着欺负人嘛！崔良娟不能不急了。回头就找村干部说话。村干部为难地说，不是村上办事不公道，而是你后院住的几户人家心里一直妒忌你家。他们眼红，认为你崔良娟和孩子虽然全是咱上董村的人，但你男人在太原工作，你家又是四个女娃，又都是读书人，将来一出嫁，谁还会回这驴子都嫌穷的黄土丘来？将来你崔良娟老了跟着你男人到太原享清福，老宅基地不就成了空院嘛！言外之意，我们占你崔良娟家的宅基地，在情理之中，说透了，你崔良娟家这块风水宝地早晚也是我们的。哼，现在不跟你说透，我们先占着用又有何妨？

崔良娟好不生气，心想我娃儿多大？男人和我也还有几十年可活，人家却如此给我们料理"后事"呀！村里解决不了，她跑到乡里、县里。三级政府意见一致：崔良娟的宅基地应当按集体占用的面积后移，后面的住户不得擅自占用她家的新宅基地。

1984 年，乡镇政府法律服务站调解三户占用崔良娟家的邻居倒墙还地。但由于这三家邻居仗着他们的家族在村上人多势众，拒不还宅腾地。案子交到县法院，法院很快也作出了同样内容的判决，责令那三户人家按时退地。有政府支持，又有法院判决，崔良娟觉得自己吃了定心丸，哪知日子一天天过去了，法院规定的日期也过了很长一段时间，人家照常在她家宅基地上搭房修棚。更气人的是其中一户姓张的邻居仗着当过多年村干部，现在又在镇政府工作，镇上县上认识的人多，不仅拒不执行法院判决，而且变本加厉地在崔良娟的院子里建厕所，倒垃圾，并且每天将十几头牲畜赶到她院子里。崔良娟实在没法忍下去，便上镇里县里告状。哪知她每告一次，回来得到的是更多的报复：不是这不见了，就是那被扔出了院子。更可恶的是一次她带着小女儿到太原看病，几天后回到家一掀油罐盖，油不见了，里面尽是粪便……当她含辱洗刷干净油罐后，划火点柴准备做饭时，突然"乒乒乓乓"地响声大作，一团团火星儿直朝她身上蹿来……等到她从惊恐中回过神来，瞅着自己衣裤被鞭炮烧焦的一个个窟窿和表皮上渗出的血迹时，不由伤心地抱头大哭。而此时，她的耳边，是从后院传来的阵阵狂笑。

欺人太甚！崔良娟重新走上过去走了十余年的上访路，并在这条路上走得不屈不挠，年复一年。而在这条漫长的上访路上，由于我们的一层层干部和办事人员不负责任的工作作风和态度，使这位当年标致的年轻少妇，成了一个满头白发的老太太。

三十二年啊！在人的生命里能有几个三十二年可活啊？而崔良娟这位普通的农家妇女为了守护属于自己的一块宅基地，整整走了三十二年上访路。

今年春节前一个星期天，我见到了这位年已六十八岁的老人。当她得知我是从北京专门来了解她的事情时，不由又一次老泪纵横起来。她拉着我的手，坐在她家的炕头上，然后拿出一个布袋，"哗啦"从里面倒出上百份各式各样的纸和信封。崔良娟告诉我，这都是她在三十二年里上访、打官司留下的"纪念"。我拿起翻了翻，有县"革委会"的介绍信，有地区"一打三反"领导小组出示的公函，更有镇政府、县政府、省政府和这些政府下属的法院、土地管理部门等单位的"信访处理意见书"。而在这叠起一尺多高的信函中，我看到特别多的是县长、副县长、市长、副市长、书记、副书记……的一份份批复，那些批复虽然字迹各式各样，有龙飞凤舞的，有中规中矩的，圈儿有画得圆的，有画得鸭蛋似的，但它们的内容却惊人地相似，如"此事一定得解决"，"请某某部门阅办"，"为什么她的问题拖延如此长久？不能再拖了！必须速办！"我见的一个个领导者批示的"阅办""速办""必须办"的字眼是最多最醒目的，但就是在这么多层领导年年关注下，年年批复下，崔良娟的事就一直拖到梁雨润来夏县工作之前的1998年还没有解决。

当我请崔大妈谈谈上访的经历时，崔大妈突然双手紧紧地抓住我，我先是一惊，但马上明白过来：崔大妈的心又开始流泪了——

"我哪想到自己这辈子啥万元户、五好户都没当上，却被人戴上一顶上访专业户的帽子！"老人长叹一声，说，"我到现在都一直不明白，从第一次上公社告状，找到公社的最大领导，看他白纸黑字地写给大队书记让他退回我家的宅基地开始，我看了不知多少领导写过这样的话，批过这样的条，下过这样的指示，但我弄不懂为啥有这么多领导为我说话，为我抱不平，可到头来咋像黄河里撒网，总是打水漂漂呀？我一个大字不认的农民，又是女人家，弄不明白是咋回事。就以为我找的官不够大，公社书记解决不了后，我想就找县上领导，县长说话再不算数我就找省委书记。那次我到太原，省委书记还真给我批示了，我高兴地想这回再不会有人敢不退还我的宅基地了。因为省委书记的秘书当着我的面说省委书记托话转告我，你崔良娟的问题再解决不了我省委书记就把夏县分管土地工作的县长给撤了。那回我回到家里，等着好消息。后来，果真县委书记都派人来我家，说一定要解决我反映的问题。我盼啊盼，盼了一月又一月，还是不见问题解决。我就又到县里找书记。县委书记知道后也生气得很，朝土地局的局长拍桌子。我当时在场，那局长看上去也挺可怜的，人家这么大的官，五十来岁的人了，被书记训得像孙子一样，只会点头，其他的啥都不敢说。我知道县委书记对我的事是认真抓的，我老伴的一个同学是省里的组织部副部长，专门找过这位县委书记请他过问我家的事。但书记桌子拍了，土地局局长孙子也当了，可我家的问题就是没解决。我始终搞不明白，那么多的领导，一个比一个大的官，他们可以建设好一个大城市，让几百万几千万的人过好日子，咋到我这儿就说话一点不顶用呀？芝麻大的事，牛刀，铡刀，全用上了，咋还够不上劲呀？

"我左想右想，就是想不通。后来有一次我看了电视《杨三姐告状》的故事，心想我可能差就差在没有找皇上，没有到北京找中央去告状呀！对，我一定要上北京去。那儿是毛主席住的地方，邓小平住的地方，党中央住的地方，天王老子也没有比北京的官再大了。丈夫和孩子们不让我再折腾了，我就瞒着他们跑到了北京。你们北京可真大，人也好，一问到哪儿就会有人马上告诉你。那些部长那么大的官，亲自接待我，当着我的面给下面打电话。不像我们山西有些地盘上，我站在一政府大门口想向领导递个状子，他们就出来个保安啥的，也有公安局的，啥也不问就说你是盲流。我有几次被他们无缘无故地当坏人抓了进去。六七十年代时，我还没老，一个女人家自己就出来了，到城里告状，有些'衙门'里的人坏着呢，一听说你是找他们来上访的，就眼睛溜溜地在你身上打转。你急死人问他啥时能见某某领导，他嬉皮笑脸地问你，帮你找领导可以呀，但你会给啥好处呀？我心想穷得连上访的路费都没有，还有啥好处给你呀？便说：我可以给你打扫办公室。人家一听就冲我哈哈大笑，说乡下农民就是傻。其实我心里明白他们所说的'傻'，我来个以'傻'装傻。后来我再出来时就带上四娃儿，就很少再碰上这类事，他们一看到我的娃儿哭，马上态度就变得凶狠起来。等我年岁大了再出来告状时，那些官不大脾气却很大的人就更多了，常常我的腿还没有迈进衙门，人家就一句'疯婆子又来了'，便把我架到收容所啥地方去了。苦啊，天底下恐怕再苦也苦不过上访人……

"那是别人不把你当人看待的那种苦。可这样的苦对像我这样一心想解决问题的人来说，又算啥？我想能把被占的宅基地要回来，我也对得起死去的婆婆，对得起远在太原工作的男人，也对得起几个娃儿。你问我为啥不死心跑了那么多年？啥不死心，我不知有多少回死心了。可每回死心后又回过神一想：咱是共产党领导的社会，老百姓的天下，总有说理的地方。毛主席、邓小平、江泽民总书记，不是总在说共产党是为人民服务的，所以每回死心后，一想到这儿我的心就又活过来了……"

崔良娟说到这儿松开了我的手，埋头整理起那堆记录她三十二年上访之路的公函与材料。

望着这位银发满头的农家老太太，我说不出自己的心头有多么感慨：三十二年！谁会有这样的毅力？谁会带着某种不息的希望和信念，能维持如此漫长的岁月，只能以屈辱与下贱、乞求与讨好的行为来感动他人。仅仅是一块宅基地，仅仅是需要收回属于自己的那份财产，她付出了三十二年的岁月与尊严！

这就是中国的老百姓。

这就是被士人们称为天的中国农民。

一个以百姓利益和幸福为己任的政党，如果不能代表这样的占总人口百分之八十的农民的根本利益，那这个政党必然早晚失去对这个国家的统治与领导地位。

梁雨润所以要接崔良娟的这件事，正是从这个深层然而又是最基本的道理上考虑的。

按理说，像这种宅基地等民事纠纷，又是不被人待见的陈年老账，一般可以不列入纪委所辖工作范围，但梁雨润用恰恰相反的态度来对待和处理这样的事。"你又要接这碗夹生饭吃？"信访室主任老胡一见梁雨润拿着崔良娟的状子来找他，便知这位年轻的上司又要做什么了。于是摇摇头，又笑笑。

"咋，你又要好言相劝了？"这回梁雨润也朝自己的得力干将笑笑。

"我知道劝是劝不动的，但作为比你在夏县多待几十年的老同志，我有责任尽可能地帮助自己的领导不陷入困境。"

"这个我爱听。"梁雨润搬来一把椅子，几乎是脸挨着脸地请老胡把话说完。

老胡知道梁雨润不抽烟，便只管自己点上一支烟，然后说："据我所知，崔良娟老太太这桩事，已经有几任县委书记都插手管过，但至今没有解决，我想里面的事情肯定不是一般地复杂。当然我说这话正好有点像激你似的……"老胡说到这儿，朝梁雨润瞅了一眼，"我知道你好啃那些别人认为难啃的骨头。所以……"

"所以这件事我是一定要管到底的。"梁雨润站起身，拍拍老胡的肩膀，对天长叹一声："你老胡知道我为什么对这样的事特别急着上手吗？"

老胡仰起头，想听听这位年轻上司那种坚韧不拔专啃硬骨头的动力所在。

"你想想，老胡，一个连字都不认得几个的老实巴交的种地人，到底为了啥要一次次跑到县城省城和北京去上访告状？而且一上访就是几年几十年啊？你我行吗？不行！肯定不干了，说不定跑几次没结果就再不跑了。不跑了心里又在想什么呢？肯定是灰心丧气了，或者根本就不相信谁了。我说得对不对？可人家庄稼人都实在，他们为啥跑了那么多次没有啥结果后，还一次次、一年年地跑啊？为啥？就是因为他们心里装着对我们党的信任，对我们这些共产党干部还有一丝希望，他们相信天底下虽然有不公平的事，但总会有人给他们主持正义，为他们服务呀！你想想，他们不惧任何困难，不畏任何耻辱，甚至敢用一生的时光，全部的生命，来找回这种对党、对政府、对我们这些干部的期望和信任，你说比起他们的这种执着和牺牲精神，我们还有什么可顾虑和担忧的呢？还有什么架子不能放弃？还有什么理由不去认认真真地、实实在在地为他们化解矛盾，平反冤屈？其实农民们上访几十次几百次需要我们帮助他们解决的问题并不难啊！可为啥老没有得到解决呢？就是因为我们这些当干部的当领导的，不能像为自己的子女安排工作、晋升职务那么认真去做、去动脑筋而已。说句良心话，老胡你讲我说的是不是这个理？"

此刻，老胡的两眼已经湿润润的。"梁书记，听了你的这番话，老实说我感到很惭愧，而且我觉得感到这种惭愧的不仅仅是我一个人，应该有相当多的人。不说了不说了，处理崔良娟的事，你给我安排任务吧，我请求参加。"

梁雨润欣慰地笑了。"行，你算一个。另外我想这件事可能比较复杂，解决起来难度大，所以纪委再派一名常委带队，会同法院同志一起去。你们下午就到上董村去，这事不能再让百姓等了，一天也不能等了！"

"是。"

工作组进驻崔良娟居住的上董村后，果然发现这件拖了三十二年的宅基地事件解决起来难度不小，根本的原因是与崔良娟家宅基地相连的三家邻居中那位张某，当过几任村干部，现在又在镇上工作，所以崔良娟告了几十年，法院也判了三四次，但没有一次可以付诸实施。张某当着村干部的面不止一次扬言：领导批示法院裁决能顶啥用？就是皇帝下圣旨他也管不了我脚跟底下的事。

梁雨润派去的工作组找到张某谈话，张某百般狡辩，无理强占三分，依然一副天王老子也管不了他的架势。

张某也算是个"官"，太知道现今官道上的奥妙了。你说一个省长县长管得了天塌地裂的事，管得了千万人的苦与乐大家都相信，至于能否管得了几户农家发生的宅基地纠纷？好，你管行啊，你法院判也行啊，中央发文件我都不怕哩！我早晨拎着裤子一泡尿撒他家墙根儿里，晚上睡觉前一泡屎拉在邻居的院中央，你是派警察还是让军队来天天看着我？哼，老子啥也不怕，你省长部长，这个"批示"，那个"速办"，到我这儿呀，啥都得听我的！老子想咋办就咋办！看你们能怎么办！

工作组成员气得说找你们村长、镇长来跟你谈。

张某更得意地说：行啊。这儿的村长、镇长哪一个上台没有我的推荐？你们把他叫来，看谁听谁的。

工作组成员说，这次你别再想拖着不还崔良娟的宅基地，否则我们就进驻你家一直到你退出为止。

张某一听哈哈大笑：那我巴不得呢，热烈欢迎你们进驻我的家来，我正愁着盖了那么多房子不能像城里人一样出租呢！嘻嘻。

看着工作组成员气呼呼地像所有曾经来过的无数个工作组一样双手空空地返城时，张某的脸上堆满了得意的阴笑。

"呸！你告，再告一百年也没用！"张某路过崔良娟家时，操起一根树枝，"唷唷唷"地将几头猪崽往崔良娟家的院子内赶着。熟门熟路的猪崽在主人的吆喝下，摆着尾巴，晃晃悠悠地遛进他人的院子。

"难道就真的没法让这样的无赖就范了？"梁雨润听完工作组的汇报，思忖着对付张某这种人的办法。

"那张某什么也不在乎，该占人家的地照样占着，而且可能会变本加厉。"工作组的同志说。

"法律也治不了？"梁雨润又问。

"嘿，法院已经先后判过三四次了，到他那儿等于一纸空文，啥都不顶。"

梁雨润点点头，说："张某这个人可能还懂点法，所以他这么多年一直胆大妄为。不过他再聪明也还是差了一点知识。"

"啥知识？"

"《中华人民共和国民事诉讼法》规定，凡拒不执行法院判决的，可以对其采取强制执行措施，对仍然拒不执行者，可以采取拘留等强制手段……"梁雨润手里捧着的是一本《中华人民共和国民法通则》。

"太好了，这么说我们是可以通过法院手续，对张某进行强制拘留处理？！"

“立即行动!”

当日下午,法院和工作组的成员,持着拘留张某的手续,再次来到上董村。当着众村民的面,向张某宣读了法律“拘留文书”。

“你们不能抓我,我儿子还在北京当武警呢!我要让他回来告你们——!”这回张某急眼了。在临上警车时大吵大闹起来,但一副冰冷的铁铐已紧戴在他的手上……

在拘留所里,张某依然心存一丝希望:只要等儿子从北京回来,看你们放不放我出去。一出去,啥事就是我说了算。哼!

果真,在张某被拘留的第三天,身着武警服装的儿子从北京回来后,立即怒气冲冲地找到纪委,责问凭什么抓他父亲,并指责纪委这是“蓄意打击现役军人家属”,如果纪委不从速放人,他要上北京找某某人告梁雨润他们。

梁雨润得知后不动声色地让人将张某的儿子叫来,然后严肃地对他说:你身为现役军人,又是武警,应该更懂得所有公民都必须遵守中华人民共和国的法律。你父亲多年拒不执行法院的判决,擅自占据他人宅基地不还,对这种严重违法行为,你无论作为他的儿子,还是作为一名现役军人,都有责任帮助他好好认错,并立即服从法院判决,而不是助纣为虐,是不是这样?

张某的儿子带着一腔怒气进的纪委,出门的时候已经心平气和了,他整整警服,知道自己应该做什么了。

"儿子！你总算回来啦！太好了，怎么样，他们得把我放出来吧？什么时候放呀？"在拘留所的张某一看儿子，欣喜若狂。

儿子说："爸，是你不对，干吗一定要占崔婶婶家的宅基地嘛！"

张某一听儿子这话，顿时像泄了气的皮球，一下瘫在水泥地板上，逞了多年的威风荡然无存。"你这个傻儿子，我这还不是为了你吗？唉，我这几十年折腾啥嘛！"

在拘留所待到第六天，张某终于痛哭流涕地要找梁雨润书记当面认错。

"不是向我，而是应该向为了从你这儿重新获得尊重的崔良娟一家认错赔罪。俗话说，人心都是肉长的，你应当比我更清楚，她崔良娟从当年的一个小媳妇，一直上访成满头白发的老太太，我们是不是心里应该感到罪过啊！"梁雨润语重心长地对张某说。

"我理亏。我不是人。我回去马上把建在她家宅基地上的三间房子拆了，退回多占的地。梁书记我向您保证：今后我假如再敢把脚朝崔良娟她家多伸出一寸，我愿受天打雷劈！"

"哎——这你就说错了。你们是邻居，应该友好相处，相互信任和帮助。只是不要再抢占属于人家的地盘和财物便是。"

在张某的带头下，其他多占崔良娟家宅基地的两户邻居也随后向崔良娟家赔礼认错，归还了多占之地。就这样，这起让一位农家妇女走了三十二年上访路的民事纠纷，终于宣告处理完毕。

那天，崔良娟一听说我是从北京来的，还不无感慨地拉着我的手，走到那垛耗去了她三十二年精力的新墙前，热泪盈眶地说："三十二年啦！兄弟啊，第一次出门上访时我比你还年轻不少哩！你看看我现在……"

我有些不忍地看看她那张布满刀痕般皱纹的脸和缕缕银丝飘动的头颅，心头不觉阵阵作痛。当老人听说我要写梁雨润书记的事迹时，她便拉我坐在炕头滔滔不绝地讲了起来。

"你可一定要写好他。一定啊！"那天临别时的一幕永远留在我的记忆中：当带我离开上董村的采访车已经发动并走出几十米了，我从反光镜中突然见她朝我挥着手，我赶紧让司机停下，以为出了什么事。

崔大妈迈着颤巍巍的步子，奔跑着过来，伏在车窗前气喘吁吁地双手再一次拉住我的手，说："梁书记是个好书记，你千万要写好他，啊！"

我默默地点点头，泪水噙在眼眶有种说不出的滋味。但心里在向老人保证：我一定会的。

回城的路上，汽车飞驰在田野上。我的思绪一直被崔良娟老人的话和她在过去三十多年的风雨中喊屈叫冤的身影牵扯着，长思不解地想着一件事：如果有干部在三十二年前就能像梁雨润这样认认真真把事情解决了，那这个崔良娟将是怎么样一个形象？

如果今天夏县没有梁雨润书记的出现，那崔良娟这位农家妇女的命运又将是什么样呢？

汽车还在田野上飞驰，我的问题没有答案。

这使得我更想从梁雨润身上寻找更多的东西。

很巧，那天从崔良娟家回城的路上，遇见了另一位得到梁雨润帮助的农民。他叫李卫国，是个残疾人。因为残疾和家贫，天资很高的李卫国没能在高中毕业后继续上大学，他开始自学医书，并获得了一个行医执照，在自己家所在的小镇上行医。李卫国十分注重自己的医德，从来一丝不苟。可偏偏有一次出了问题。那是 1998 年年末的一天，他在给一位农民看病时，开了一服从县医药公司水头批发站买回的药。患者服用后，突然感到不适，副作用极其严重。仔细一看，原来那药已经变质，药丸的外壳出现了裂缝，他便找到李卫国。受害者家属当时说的话很难听，李卫国感到无地自容。其实李卫国也是一肚子冤屈，因为他并不知从县医药公司进的货会出现质量问题。第二天他便拄着拐棍，先到县药检所化验，结果证明那药确实有质量问题，于是他便找到县医药公司索赔——既为经济损失更为名誉伤害。哪知人家并不把他当回事，爱搭不理的。李卫国急了，坐在经理办公室不走。药材公司经理恼怒起来，从街头找来两个人，威胁李卫国说，你要再赖在这儿，老子再把你的两只胳膊也废了！双腿残疾的李卫国打小自尊心特强，哪受得了如此屈辱！

从此这位青年农民，拖着一双残疾的腿踏上了寻求伸张正义的上访之路。他到过县上，也到过运城市委，见的领导和干部不下三五十个，但都令李卫国无比伤心和失望。那些领导的门是很难进的，因为他们通常十分注意"形象"，所以一见有人拖着残腿一拐一跛地在自己的门口晃来晃去，就会显出一副不耐烦的样子，好的听你三分钟话；腻的干脆搪塞说"有事"便让秘书一类的人"接待接待"。这一接待事情就常常变了味。好点的会说："你把相关的材料留下，人先回去等消息。"恶劣的就不用多说，什么"制造不安定因素""闲着没事跑出来想榨油水"云云。开始李卫国还很当回事，对那些所谓的"好点的"，他几次感动得直流泪，甚至在人家已经赶他出了门后，他还傻里傻气地跑到街上买条烟什么的回头再给人家送去。而对那些不把他当回事的"恶劣行为"，李卫国也气得直落泪。可时间一长，见惯了，听惯了，也见怪不怪。然而不管是"好点的"还是恶劣的，最终结果都是一个样：对他要求解决的事，总是石沉大海，有去无回。

有一次印象最为深刻。那是他到县委办公大楼里发生的事。李卫国打听到某某领导正在二楼的办公室，便想求得一见。可根据以往的经验教训，像他这样的残疾人，想直接进领导办公室，结果总是被轰出去。所以这回他等候在一楼楼梯口边的那间厕所内——这里既不会被人轰出去，又便于一眼看到从楼上下来人的模样。从早上 8 点进厕所，一直等到中午时分，李卫国仍没有见到那位领导。熏人的臭味和饥饿的肚子，让他不得不再次闯一闯领导的办公室。当他拖着残腿一步步艰难地爬着楼梯时——因为水泥地滑，他的一双拐棍不能用，所以只能靠双手和膝盖骨的力量一步一挪往上爬行。你想县委办公大楼是个什么地方？人来人往，忽见楼梯上出现这么个残疾人上气不接下气地爬行，谁见了都会惊讶的。

"怎么搞的，堂堂县委办公大楼怎么成乞丐爬来爬去的地方啦？保卫科的人干什么吃的？"突然，李卫国的耳边响起一个异常愤怒的声音，当他抬起头时，这位残疾青年农民的表情凝固了：这不就是某某领导吗？是他，一副夏县许多老百姓都认得的面孔！！

"……"这就是李卫国盼望了多少个日子渴求见一面的领导吗？然而就在这凝固的时间里，心中装着千言万语的李卫国却说不出半句话来，他呆呆地仰着头，眼巴巴地看着那领导从自己身边走过。

"呜——"不知过了多少时间，李卫国伏在楼梯的水泥台阶上，哭得双肩像拉动的风箱。

"我要是早知道人家领导是这样儿，我根本不会忍受一次又一次的屈辱，像狗似的用四肢伏在地上爬着楼梯去见他。真的，打那次看到人家领导这么对待自己的老百姓，我的心彻底地死了，从此再也不想为自己的冤屈寻求一个说话的地方了。你想，人家当领导的都这个样，你还能期望那些普通的干部和办事员能为你一个小农民服务办事？更何况我这样一个不招人待见的残疾农民！"李卫国告诉我，那次伤心的经历后，他曾有过一个念头：寻找机会，到坑害他的县药材公司，放一把火，"烧他妈的精光，连同我自己一起烧为灰烬！反正我这样的人不值钱。可我想光自己死太亏了，怎么也该把那些不为咱农民办事说话的人一起拉着去见阎王！可就在我准备实施'计划'时，梁书记出现了，他不仅妥善解决了我与药材公司的纠纷，而且拯救了我的灵魂，唤回了我对咱们党的信任……"

李卫国的话并没有夸张，因为要不是那天正在县委信访室值班的梁雨润，无意间知道了李卫国的事，并且在短短几天时间内帮助李卫国重新赢回了他视为生命一样宝贵的"信誉"——县药材公司当面向他承认所批发的那批药材有质量问题，并公开赔礼道歉，也许夏县又多了一起震惊省内外的恶性事件。

"其实根本不是我梁雨润有什么特别能力，只是我觉得像李卫国这样极其需要帮助的农民，我们当干部的只要主动弯一下腰，去倾听他们的呼声，再费些时间和精力去为他们做些本属于我们分内的事，那就会化解一切天大的问题。关键是要看我们对百姓有没有真正的感情和能否将心比心。"其实，梁雨润得民心的"法宝"就这么简单。而这简单的"法宝"，在实际工作中一旦用上，就这么灵验。

残疾青年农民李卫国原先连杀人的念头都有了，可经梁雨润亲自出马做工作，他不仅连当初向县药材公司索赔的 5000 元都一分不要了，而且特意雇了一辆车，敲锣打鼓到县城，给梁雨润送去了一面写着"人民好公仆"五个大字的锦旗。

我见到李卫国时，他给我说了一句令人深思的话："我们农民是生活在最底层的人了，别人总不该再骑在我们头上张牙舞爪吧？"

当下我们的一些干部和领导，他们不仅对老百姓缺少关心，而且真的常常是骑在人民的头上张牙舞爪，为所欲为，这样的干部和领导者，人民不恨他才怪。

第七章

什么事在农民的心目中最神圣？什么是农民的命根子？

毫无疑问，当然是土地。

土地不仅是农民的命根子，其实也是我们全体中国人的命根子。

中国是个农业大国，在漫长的五千多年文明史中，除了只有近代不到一百年的工业化进程之外，中国的全部历史都是农民的历史，或者说都是土地化革命的历史。即使在今天，土地仍然是影响中国现代化历史进程的最重要因素。

土地上发生的每一件事，都将推动或者制约中国的现代化进程。中共中央已经有十几年的时间里每年颁发的"一号文件"，即针对与土地直接相关的农业问题。

中国的土地，决定着中国人的昨天和今天的命运，还将在很长时间里继续决定中国未来的命运。用现代时髦的话讲，城里人对财富的理解是以资本的多少来衡量的，而农民对财富的理解则是看自己对土地的占有情况。农民对土地拥有的渴望，其实远比现代人对资本和财富拥有的渴望要强烈得多。

土地从本质上体现的是农民的绝对的财富价值观，因而土地的拥有或丧失其实就是农民的根本利益的得与失。

明白了这层意思，我们就不难理解像崔良娟这样的农家妇女，几乎是用了半辈子的时光，仅仅是为了争得咫尺宅基地的拥有权的全部意义了。然而在广大农村，像崔良娟这样寸土必争的农民以及他们寸土必争的信仰，何止仅仅体现在对自己的宅基地的维护上。

1999 年 4 月 8 日是个大雨天，这一天是梁雨润的"群众接待日"。瓢泼的大雨不停地下着，从前一天的深夜一直下到第二天的上班时间仍未见停。上午 8 点整，梁雨润准时从自己的办公室来到县委信访接待室。这时有一位六十来岁的老人进了门。梁雨润感到有些惊奇，因为老人从上到下的一身装束完全是陈永贵式的——头扎毛巾，一身黑袄，那腰间系着的是一根用草绳编织的裤带，黑袄上有数处已破，露出里面几缕发黄的棉絮，一看便知是从山里来的农民。

"大伯，你是山上哪个乡的？"梁雨润给老人搬过椅子，端上一碗热茶。

"哎哎，我是庙前镇井沟村的。叫庚银项。"

"你老为什么浑身都湿透了？刚刚被雨淋的？"梁雨润伸手摸摸湿袄，关切地问。

老人的眼睛开始潮湿了，一个冷战，然后全身哆嗦起来。"梁书记，我为了见到你，已经在那儿，你看就是那儿……"老人指着窗外的县委办公大楼的侧墙，"那儿的屋檐下，我在那儿睡了两宿。今天总算等到你了，算我没有白给雨浇了……"

梁雨润感到心头一震："你老就为见我两晚都睡在屋檐下？是雨水把你浇成这个样？啊？"

老人"嘿嘿"一笑："是啊，可我值啊，总算把你梁书记等着了。嘿嘿。"

梁雨润眼眶里的泪珠在打转："老人家，你这么大年岁，咋睡露天嘛，可容易得病呀！"

"梁书记，呜呜呜……你可要给我们农民做主啊！我已经跑八年了，再跑下去我连这身破棉袄都穿不起了。呜呜，呜——"老人伤心地哭泣起来。

"你慢慢说，大伯，有什么冤事只管跟我说。先喝口水——"梁雨润动情地说。

"哎，梁书记，是我们村里的支书，他——"庚银项老人开始讲述起他这八年来一直为土地的事而奔波的遭遇。

梁雨润听完庚银项老人的叙述，火就来了，那只大巴掌重重地落在桌子上："大伯，我一定在七天之内给你把这事解决了！"

"七天？"

"对，七天。只要事情属实，我用一个星期时间给你把事办了！"

当日下午，在梁雨润的统一安排下，一个专门办理庚银项老人举报问题的专案组出发了。经过纪委王武魁副书记为首的专案调查组三天多时间的连续调查核实，庚银项老人反映的问题基本属实。问题的真相大体是这样的：

庚银项是夏县庙前镇井沟村六组村民，原生产队队长，后来生产队改为生产小组，他是该村六组组长。这是个自然条件比较差的村落，农民们赖以生存的仅是一年打不出几担粮食的土地。农村实行包产到户后，他们更加珍视脚下的土地，坚守着祖先留给他们的每一寸良田。1984 年，庚银项所在村民小组的王某当上了井沟村的党支部书记。作为庚银项一手培养起来的娃，庚银项打心里希望王某能当好一村掌舵人，时刻想着村里的父老乡亲。但王某当了支部书记后，想的不是全村百姓的事，却在盘算着如何用自己手中的权为自己多谋私利。井沟村地处中条山腹地，几个自然村非常分散，自然村与自然村之间的生活条件差异不小。

　　庚银项老汉的六组比起村委会所在地的五组就要差得多，王某身为村支书，平时家在六组，开会则要翻过几个丘峁峁到五组那儿的村委会所在地。这事一直让王某心里很别扭。客观地说，为了工作方便起见，王某有心把自己的家迁到五组并非完全是搞特权。但问题出在王某后来确实利用了特权并让农民的实际利益受到了损害。1987 年，原五组村民的河南籍老乡迁回了黄河东边的老家，使得五组多出了二十多亩承包地。

　　身为书记的王某见时机到了，跑到乡政府那儿先把自己全家的户口从六组转到了五组自然村。回头又找五组组长商定，把自己在六组席家坡的二十四亩承包地带到五组作为"迁户之礼"。由于农民对已经属于自己承包权的土地格外看重，虽然王某是村支书，但五组村民对于他的迁居一直暗里对抗着不乐意。来一口人占一份地，就等于从别人的饭碗里抢走一口饭吃。再说席家坡的地比起五组的耕地来，肥瘦程度不可比。但念在王某是村支书和他能从六组带来二十四亩耕地的分儿上，王某迁居这事勉强办成了。可六组的村民不干了，你王某是支书，爱富不爱贫可以理解，因为你手中有权，可以往条件好的自然村迁户，但你不该带走二十四亩地。按照 1979 年 9 月 28 日中共中央颁发的《关于加快农业发展若干问题的决定》第 2 条第 5 款之规定，像王某原居住地的承包地是不能随家迁出第六组自然村的。令六组村民气不打一处来的是：王某把二十四亩地擅自转让给五组后，因为五组嫌路远耕作不方便而实际上又把这些地的承包权还给了王某一家，而王某凭着他是村支书，在五组那儿他一家获得了那位迁走的河南籍村民留下的承包地，这边他又把在六组原有的二十四亩地划在自己户下，并且把这二十四亩地又转包给了别人。

庚银项和六组村民不干了，他们知道这是王某利用职权做了违背中央土地政策的事。于是他们就到乡里县里反映情况，以求把属于他们六组的二十四亩土地要回来。庚银项告状的事让王某知道了，他很生气，一句话就将庚银项的六组组长职务给撤了。

王某这么做明摆着是以权压人，罢我个人的职是小事，但以权谋私，违反国家农村土地政策，危及席家坡父老乡亲子孙后代利益是大事！庚银项在村民们的支持下，从此开始了长达八年的上访，要求政府和党组织出面纠正王某的做法。庚银项一次次走出山村，来到县上、运城市向上级反映情况，而八年间在他的那份"上诉材料"上，也写满了各级领导的"批示"，然而问题却始终得不到解决。原因并不复杂，像所有上级对农村的指示精神一样，真正要落实时还得找村一级干部来实施。井沟村的事王某身为村支书，他能不知道？更何况庚银项"告状"针对的正是他这个村"第一把手"。

"老子辛辛苦苦当支书，这么点事你们还要告个没完啊？"王某开始并没有当回事，但年复一年，他已经无法再"宰相肚里能撑船"了，竟然下令"你姓庚的再告状就别想回村。出了山，他庚银项爱到哪儿告我管不得他，但要想再回村咱就得收拾他"！

　　就这样，为村民争土地上访的庚银项老汉，变成了一个长年有家不敢回的"流浪汉"。原本便是一贫如洗的山民，一旦离开了山村和土地，哪有法子过日子？上访上诉，本是件耗时耗钱又耗神的苦差，而如今身为"流浪汉"的他，更是吃尽了苦头。为了省钱（其实庚银项身上根本就没有钱），他只得时常夜宿街头，像那天见梁雨润的头两天夜里睡在县委大院的屋檐下算是"好运"的了，至少不会半夜三更被那些刮地皮财的流浪汉们赶来赶去，或者敲诈勒索。令庚银项气愤至极的是一些部门的官员和办事秘书，明明知道他是一位正儿八经有事要向政府和组织反映的上访农民，却拍桌子瞪眼地硬说他是"疯老头"，让保安一次一次拉出去送到收容所……屈辱和无奈伴着庚银项度过了一个又一个不眠之夜，他曾几次从收容所逃到中条山那个自己的家，但天一亮他又不得不含泪离家，因为一旦被王某知道他这个"钉子户"回村，就会派人前来抓他。人家的理由很"充分"——据上级有关部门来函，庚银项在外面有妨碍社会治安表现，村委会根据村民治安条例进行处理。服不服？服的话就交罚款；不服？那就送乡派出所！派出所哪是好去的地方？轻则挨训，重则一顿皮肉之苦——

这在那些素质低下的山村小镇是常有的事。

庚银项欲诉无门，欲哭无泪。如此处境，正是"八年啦——别提它"！

梁雨润知道整个事情的调查结果后，极为震惊和气愤，立即会同县纪委和镇党委负责人，一起来到井沟村，对村支书王某的问题进行了现场办公处理。在事实面前，对照国家相关政策和条例，王某承认了自己的做法是错误的，对过去几年中对庚银项上访的处理存在个人打击报复的行为，表示立即按政策向席家坡自然村退还二十四亩土地的所有权。

那天，当梁雨润把乡党委关于给王某的党内警告处分和乡政府土地经营管理站关于向井沟村第六村民组归还二十四亩耕地的两份决定书附本，带给刚从山外流浪八年多归来的庚银项时，这位刚直不阿的农民老汉，跪在地上，手捧黄土，激动得泪流满面，他向在场的干部一再地表示自己再也不离开家乡，一定要和乡亲们把这儿的每一寸土地建设成富足的乐园。

这样的场面并非电影镜头。它教育的也不仅仅是像王某这样的村支书，梁雨润在处理一件件农民上诉案中，同样受到极大教育。

"现阶段的农民日子并不好过，特别是像我们夏县这样地处黄土高原的贫困县农民，他们的日子更是过得艰辛。要是再有人任意侵占他们的利益，那是天地不容！"梁雨润不止一次这样发过感慨。

与庙前镇井沟村同在中条山上的祁家河乡，是夏县这个贫困县中的贫困乡。该乡距县城一百三十六华里，是个有名的"三边乡"（黄河边、省界边、县界边），当地有民谣这样描述祁家河，叫作"脚浴黄河水，头枕中条山，左右牵两县，夏县最边沿"，这儿的雄鸡一叫，能让三省的人听见。梁雨润的得力助手、县纪委副书记王武魁当过这儿的公社书记，我本想跟他一起上山实地看看这块"一鸡鸣三省"的穷乡僻壤，但王书记告诉我从县城到那儿来回得用三天时间，这让采访后急着返京的我不得不留下了遗憾。

这个乡在梁雨润来夏县当纪委书记前有过一件事，让县里犯了几年的难。这就是该乡西北庄村有件事让全村的农民集体上县城闹了好几回，为啥？这得从头说来：西北庄村是个严重缺水的山村，村民们祖祖辈辈吃水都是靠从几里路远的地方去人背马驮。改革开放了，外面的世界一天比一天精彩，农民致富的一条又一条消息也通过电波越过中条山吹进了大山深处的西北庄村，但这里的村民们苦于缺水而无法圆自己的致富梦。在夏县，像西北庄村这样的穷村何止一两个，所以纵使西北庄村民多少年来曾经想过无数办法，想一解水源之苦，可是终无结果。1995年，一位从西北庄村走出去的段先生得知自己的家乡仍然生活在"滴水贵如油"的窘境中，便请求一位在另一个比较富裕的县里当人大领导的同学帮助从省有关部门要了一笔以工代赈人畜吃水款给自己的老家西北庄村——山西省计委将17万元的一笔专款拨到了夏县计委，明确是给西北庄村用于解决那儿的人畜饮用水的。

村民们听到这消息，可谓欣喜若狂。那是他们盼了多少年才从"天上掉下的馅饼"呀！村民们把这笔钱视为脱贫致富的全部希望。他们得知喜讯后，群情激奋地自发行动起来，为赶来年春天能使庄稼和苗圃用水，全村男女老少，在寒冬季节便背起铺盖，自带干粮，上山打炮开路，干得热火朝天。有的村民则用自备资金在自己的田头宅地开始动手修建水池水窖了。然而就在村民们流血流汗苦干拼命干的一天又一天里，人人皆知的"天上掉下的馅饼"却迟迟不见落到西北庄村百姓手里，而且不知到了哪儿去，使得已经全面铺开的水渠工程不得不放慢速度，最后到了无法再开工的地步。这时村民们才慢慢清醒过来，询问村干部到底是怎么回事。

村支书装糊涂，村长支支吾吾说不清。

"这人畜可以忍一忍，再不就上几里外的地方驮点水回来喝，可地里的苗咋办？大伙儿知道今年可以把水管铺到村头，便都种了苗圃。你们咋骗到咱自己人的头上来啦？啊，不说清楚钱到哪儿去了，你们就别想睡囫囵觉！"村民们积怒成火，天天围着村长要他交代钱的去向，这可是他们的救命钱哪！

西北庄村村长人称"黑脸"。可他这"黑脸"不是秉公执法的包公黑脸，而是喜欢贪点小便宜的有点黑了心的"黑脸"。一向精明的"黑脸"村长这回可是尝到了贪小便宜的苦头了。村民天天到他家讨个说法，弄得他家都不敢回。收成时节，"黑脸"想回家把地里的粮给收了，结果村民们知道后，举着镰刀棍子来田头找他。"黑脸"顿时吓得脸色由黑变紫，从此他再没敢回过村。

村民们还上县里一次次闹，"黑脸"却像过街老鼠，见人就躲。可躲得了初一躲不过十五，"黑脸"理了理在这一年多变白的须发，忍不住泪水纵横。有一次他在街头听人说新来了一个纪委梁书记，跟"包青天"一样，啥难事他都能解决。"黑脸"想了一宿，第二天一早，从借居熟人的一间畜棚里走出来，耷拉着脑袋来到了梁雨润办公室，交代了经他之手的那17万元解决村民用水专款的去向——原来，在县计委收到省计委的拨款后，"黑脸"村长便和村支书到县城有关部门领款，第一笔10万元款当日拿到。可就在这时一位神秘角色出现了，此人虽仅是夏县某单位的普通职工，但却很有背景，要不怎么会连西北庄村得到了省里一笔扶贫性质的拨款他都像饿狼嗅到腥味似的能知道得一清二楚。世上的事很怪，像夏县这样一个县、乡两级公务员、教师等工作人员连工资都不能及时发放的贫困县，有人却专门把目光盯在了那些百姓的命根子钱上。"黑脸"拿到这笔特殊的拨款还没来得及出县城，那位张某便在"黑脸"村长从工商银行取款出大门的同时，十分热情地在一位"中间人"引见下，跟"黑脸"套上了近乎。

一顿狗肉加酒水，灌得"黑脸"成了连说话都不利索的大红脸。

"我说村长，你老说村里穷，其实还是你们的观念和意识跟不上。"张某知道到时候了，便把酒杯重重地碰在了"黑脸"面前，一副城里人对乡下人不屑一顾的样儿。

"你小张错了，我黑脸天天也看电视广播，啥观念意识跟不上？是老天给我们赤贫的中条山人没留下一条致富之路，咱村上别说天天没酒喝，就是洗脸做饭的水也要像炒菜用油那么省巴着才行，你说咱们有啥办法？"

张某摇摇头，笑嘻嘻地朝"黑脸"挤挤眼："No，No，我说你村长大人就是缺少观念和意识，你还不服？就凭你们村在山旮旯那个地方想像城里人一样整天有肉有酒地吃喝当然不行嘛。可你们也有不少致富的门道，问题出在你这样的村长没有魄力上。"

"我没有魄力？""黑脸"眼珠顿时瞪得溜圆。

"哎嘿，就是欠点火候。"

"哐——！""黑脸"借着酒劲，将杯子往桌上重重地放下，像真要赌一把似的询问张某："你张老弟今天只要能说出一个可以铆钉的地方，我黑脸身为中条山上的一条汉子，敢拿出咱西北庄村一棵铁树供你！你只要能说出让我信的铆钉地方，我就敢！你说！"

张某狡黠地一笑，还是一副瞧不起人的样儿。

"黑脸"急了："咋，就你城里人是好样的，我们山里人都是孬种？呸！老子的口袋里也不都是装黄土的！""黑脸"重重地拍了拍那个装有 10 万元现金的手提包，颇有几分蔑视的眼神瞅了瞅张某，便只管大口大口往下灌酒。

张某心里乐开了花，脸上却作出一副极其敬佩的样儿，凑近了说道："我正要承包一个饭店，饭店的老板娘是我们夏县某某局长的婆姨……"

"黑脸"头一扭："说这事干啥？关我屁事！"

"嘻嘻，怎么没关？有关！而且是很重要的关系哩！"张某开始做圈套，"你大村长不是找不到致富路吗？我今天就给你引来一条致富路。嘻嘻，就看你大村长是不是真有这紧跟形势的观念和开拓意识了……"

"具体一点。""黑脸"不耐烦地说。

"好。兄弟见你村长是明白人，我就长话短说。"张某终于掏出了引"黑脸"上套的钩，"你不会不知道在城里开个饭店就像在自己家设了个钱庄吧。我张某人把你黑脸大哥当作自家兄弟，所以愿意合股与你共同经营一家饭店，如何？”

“黑脸”晃晃头，自言自语：“我没醉糊涂吧？”

“玩笑，谁不知中条山上的汉子，个个都是海量！”

“你凭什么愿意跟我合股开饭店？我又没本钱入、入股嘛！”

“你，你黑脸大哥真会开玩笑。”张某笑得更欢，佯作摇头状。然后眯起双眼，直盯着“黑脸”，又用手轻轻地摸了摸那只装有10万元现金的小包，“这儿不是现成的嘛！”

“你想干什么？”“黑脸”噌地离开座位，连人带包躲到远远的一边。

“哈哈哈……”张某和另外几个酒友哈哈大笑起来，连连数落“黑脸”真是个没见过大世面的人。

“黑脸”顿时一脸窘状，喃喃道：“这是村上的公款，全村人等着靠它解决吃水的事哩！碰不得，真的碰不得……”

张某等人朝“黑脸”又是一阵嘲讽之后，说：“没有人不让你给村上修渠引水呀！我们是想帮你大村长干出点名堂来，能够将来既修了渠，又同时立马让村上致了富嘛！”

“具体点说。”“黑脸”不甘示弱。

“修渠引水的事你村长几十年生活在山上比我们有经验，可你没有想一想，即使村民们有了水，就能致富了？不行，水仅仅能解决大伙儿不再到远处背水之苦，却并非一定能改变村上的根本面貌，尤其是在你任村长期间怕是难有致富的那一天。这不能单说是你黑脸大哥没本事，就是省长市长到你那个穷村也没法让大伙儿致富。可在城里开饭店就不一样了，你今天开张，当天晚上你就能在灯下一五一十地数个美！这叫投资短，见效快，世界上有名的富翁都是从开小饭店起家的，这方面你黑脸大哥要说经验还是差一截哩！你想想是不是这个理！"

"黑脸"的钱袋"开"了。他小心翼翼试探道："合股开饭店当然好，可咱这钱是村民们的救命钱，我不能让它冒任何险。合股开饭店，如果好，当然皆大欢喜，可是一旦亏了我这本不也泡汤了吗？使不得，使不得！"

"做生意嘛，肯定是高风险高收益嘛！"众人附和起来。只有张某阴着笑脸在琢磨"黑脸"的心思。

"我们各出一半股，你5万我5万，年终我保你利滚利地把本翻2倍以上。"张某扔出第一方案。

"黑脸"思忖了一下，果断地摇摇头："不干。"

"另外再给你个人1万元。"

"哼，我与西北庄村有什么可分的？还是一句话：不干。"

"你是怕有风险，赔了本？"

"当然。赔了本村民还不把我扒皮吃了？""黑脸"夸张地做了一个动作。

"哈哈哈……"张某和其他几位酒友忍俊不禁，但那笑中明显带有轻蔑。

"那好，我可以让你包赚不亏本。"张某说。

"咋个弄法？"这回"黑脸"感兴趣了。

"借你大哥的钱总可以了吧？"

"怎个借法？"

"一年还本，给你利息30％。二年还本，每年给利息50％。如何？"

"黑脸"咂咂嘴，有些动心了，但没有表态，反倒摇了摇头。

张某耐不住了："你大哥真是个黑脸！行，再各加10％！"

"黑脸"一听，猛地端起桌上的杯子，一仰脖子："一言为定！"

"痛快。一言为定！"

就这样，"黑脸"口袋里装的那10万元全村人的救命钱，连他自己还没摸热，便已少了小一半。

"大哥，看你还算义气。现在我可以向你透露一个秘密：你知道原来县里准备给你们村多少款吗？"在酒桌前分手时，张某很神秘地将"黑脸"拉到一边，悄悄说。

"不是省里拨了17万嘛！"

"这我知道。可你知道县里本来想给你们村多少吗？"

"黑脸"有些紧张地摇摇头。

"也就四五万！知道吗，没有我从中给你周旋，你能拿得到现在这么多吗？哈哈哈，门儿都没有！"张某拿出一副深不可测的架势，凑在"黑脸"的耳边，"我想法让你们把后面几万元的款拿到手。大哥，兄弟没有让你亏着吧？"

"没，没有亏。"

"黑脸"自以为在张某身上没有做亏本的事。他想：村上的钱本来不会弄到那么多，现在有张某出力，等于为村上多赚了一笔引水款。自己呢，可以在全村人神不知鬼不觉的情况下，每年进腰包若干……这等如意算盘让他不由阵阵窃喜。"黑脸"哪知张某给他设的是个套。而且"黑脸"回村后又没有很好地管好剩余的钱，这里付个白条款，那儿应付个人情，到最后用于水渠之款所剩无几。村子里是热热闹闹的村民和一个已经全面铺开的工地，哪知"黑脸"背地里演了出见不得人的拆台戏。当村民火烧眉毛天天逼他要钱时，走投无路的他赶紧回过神来找张某要款，那费功费神儿使"黑脸"恼也不是怒也不是。到后来逼得紧时，张某干脆连个面都不照。"黑脸"找到饭店，饭店已经倒闭关门多时。

"我，我是回不了村啦。唉——！"当"黑脸"明白过来时，早已晚矣。而他原本乌黑发亮的一头浓发，仿佛在一夜之间如雪尽染。

"梁书记啊，是我错了，你看在我的一头白发上，救救我吧！我都快有一年没敢回村了。呜呜……"那一天，梁雨润正在办公室阅读由祁家河乡西北庄村群众以集体名义写的一封状告村干部的信，"黑脸"一头闯了进来，见面就呜呜地大哭起来。

"这么说你就是西北庄村的'黑脸'村长？！"梁雨润打量着眼前这位实际年龄只有四十刚出头，而看上去却像五六十岁的老汉，强压下心头之火。

"是是，你瞧我都不像人样了。呜呜……"

"知道什么叫罪有应得吗？"

"知道……可我当时确实看到村上没啥致富路可走，所以想着也来个'借鸡下蛋'啥的。谁知上了人家的当。现在后悔也来不及，只恨不得把那小子宰了！"

"你就没有想过自己在这中间没有一点私心在作怪？你身为一名共产党员，一村之长，想过没有那钱是全村多少代人梦想能有水喝，能过上像一个人样的日子的命根子钱啊？！"梁雨润瞅着眼前这位恨铁不成钢的同龄人，不由又气又恨，"张某这样的专刮民财的骗子，该抓。可你这样拿农民的命根子钱随意转手想自己从中捞油水的人就不该受罚？都说你是'黑脸'，要我看你的心都变黑了！"

"是是，梁书记您批评得对，现在我除了头发是白的外，全身都是黑的了，我对不起组织啊，呜呜……"

"黑脸"愈悔恨，梁雨润的心头则愈焦虑。因为据掌握的情况看，骗走这笔钱的张某不仅在整个骗取过程中使用的手段非常"法律化"，而且关键是在张某背后有人借手中的权力在批转省计委给西北庄村这笔特殊拨款的同时，又在暗中进行渔利。那个姓张的之所以在西北庄村刚刚获得第一笔款项时，就那么直截了当地敢向"黑脸"伸手，是因为他借用那位领导的权势，迫使西北庄村"识相"地与他张某"合作"，其实就是感激给批拨款的"某领导"的"礼尚往来"。再加上他们抓住了"黑脸"也有点"黑"的短处，故而合伙演出了一出坑害连水都喝不上的山村农民的缺德戏。

"先把自己在整个事件过程中的所作所为交代清楚，关键是要挖挖心灵深处的脏东西。然后配合纪委和法院调查组把张某及他背后的那帮专门靠权术加骗术坑害农民们的家伙挖出来。"梁雨润对"黑脸"吩咐完后，立即召集纪委和法院的同志，突击追查张某，并又通过他的交代顺藤摸瓜，挖出了一个多年盘踞在县要害部门专发"贫困财"的蛀虫。"黑脸"和张某也受到了应有的处罚。

当"黑脸"在久别家乡之后重新回村时，看到包括自己家在内的家家户户村民有了从山下引来的"自来水"喝时，愧疚得无地自容。他听村民们说，梁雨润书记不仅帮他们查清和追回了几万元的被骗款，而且在村子引水工程缺钱缺工时，甚至跑到自己的老家——百里之外的芮城去求人筹措钱款。三九寒冬里，梁书记带病上山，跟着村民们一起搬石筑渠，铺管垒池，屡次累倒在工地……

百姓的心是肉长的，看到梁雨润书记为了农民们的事，连命都要豁出来了，那份沉甸甸的情意将让他们一辈子也忘不掉！

自梁雨润任夏县纪委书记后，在他接待的那么多群众上访和举报中，除了那些重案要案外，多数是关系到群众切身利益的事，虽然未必上得了纪委的办案议程。他想，许多重案要案，最初有可能就是群众与干部、百姓与政府之间的普通矛盾后来激化造成的。从这个意义上讲，作为纪委，完全有责任去化解这种矛盾。我们中国共产党在完成新民主主义革命之后，进入建设社会主义阶段的主要任务就是发展生产力，最大限度地满足人民对物质和文化的需求，而在这个过程中，社会矛盾的主要方面就是群众与干部、百姓与政府之间在实现共同利益和目标的过程中所出现的种种问题。

2001年下半年，中央纪委、监察部主办的《中国纪检监察报》对梁雨润的事迹进行了连篇报道，山西省纪委随之作出决定，在全省纪检监察干部队伍里开展向梁雨润学习的活动。在省纪委九次全会上，梁雨润还作了事迹介绍。当时有人在台下悄悄议论，说照梁雨润这么干，咱纪委不成"信访室"了嘛！

话传到梁雨润耳里，梁雨润笑笑说：其实道理非常简单。纪委是抓党内纪律问题的，抓党内纪律问题的目的又是什么呢？还不是要改变党的作风，实践我们党全心全意为人民服务和为中国最广大人民群众的根本利益服务的宗旨吗！群众上访，虽然不能说所有反映的问题都是准确的，但可以肯定大多数是可信的，即使少数反映的问题不准确不客观，但也能说明人民群众是因为相信我们的党才来找我们的党的。对这样的群众我们没有理由不理不睬。认真地倾听，深入地调查，一件一件地下功夫去解决上访群众反映的问题，这不仅是纪委工作的范畴，而且是主要的甚至是带根本性的工作问题。要解决好群众反映的问题，首先必须要对人民群众有感情，拿出真想解决问题的工作态度和方法来才行。

梁雨润有一句话让我颇有感触，他说我们这些当干部的，当领导的，有时常常觉得老百姓反映的问题都是些鸡毛蒜皮的事。是呀，老百姓会有什么惊天动地的事？老百姓就是老百姓，他们只是为自己的生计，为自己的儿女，为自己那几亩承包地，为自己那块宅基地操心，你认为的鸡毛蒜皮的小事，在老百姓那里可是天塌下来的大事，处理不好，就有可能导致人家妻离子散、家破人亡啊！处理好了，老百姓心顺了，他们就会拥护党、拥护国家、拥护社会主义，就会拿出全部干劲和热情来跟着党走。我们有些人整天喊着要为百姓服务，为百姓办事，可真到了群众向他反映情况、希望解决问题时，他们又觉得那都是些鸡毛蒜皮的小事，根本不把其放在心上，或者即使去过问过问也是三心二意，没有用真心思。久而久之，群众的"鸡毛蒜皮"小事，成了一触即发的大事，成了恶性事件。那时他们又埋怨群众，甚至将群众推向对立面。群众能没意见？不把你从台上拉下马才怪！

夏县这个地方不大，但它却是中华民族形成的真正历史发源地。大禹建立的夏朝，司马光写下的《资治通鉴》，几乎奠定了中国五千年文明史的全部基石。后来从这个地方建立和缔造的文明慢慢扩散到九州大地，直至其他更宽广的地方。但夏县自己的光亮却渐渐变得黯淡了。

昔日的光亮黯淡其实属于可以理解的某种规律，因为蜡烛在照亮别人的时候常常牺牲了自我，这其实是一种美德，一种符合自然界物质变化规律的现象。但夏县在现代少了文明，却多了些咄咄怪事。而且有些怪事人们就连想象也想象不到。

梁雨润来到这儿赶上了不少这样的怪事。

是什么怪事都让梁雨润赶上了，还是夏县就爱出怪事？我认为，对于现今的中国农村问题，到我们执政的共产党该认认真真、严严肃肃地对待的时候了。由梁雨润在夏县处理的一桩桩"怪事"，我意识到这种在我看来是"怪事"的事，其实在农民和就农村看来已经见怪不怪了。原因只有一个：如今在中国的农村，这样的事太多，太普遍。

怪事盛行，那可不是件好事。

1998 年 7 月 24 日，这是一个异常炎热的星期天。梁雨润像往常一样没有回运城市的家和妻子女儿团聚，而是在办公室埋头批阅文件。

"丁零零……"桌上的电话机突然响起。

"梁书记吧？不好了，又出大事了！"梁雨润拿起电话，一听是纪委副书记李俊峰打来的。

"快说老李，到底出什么事了？"

"胡张乡上晁村 200 多名群众将村长围在家里，快要出人命了！"

"什么时候发生的事？"梁雨润心头一紧。

"公安局的人说已经有三天时间了。"

"为什么拖到现在？"

"闹事的第一天公安局的同志就去了，可是村民们不听，还是把村长围住了不放，而且越闹人越多。现在快要失控了！"

"到底为什么事？"

"哎，肯定又是当村长的太恶了呗，群众积怨太深，反呗！"

"除公安局还有什么人在那儿？"

"检察院的也去了不少人，可群众还是不散。他们举着牌子，喊着口号，说不要公安局，不要检察院，就要纪检委。所以，检察长和公安局局长连给我打了3个求救电话了……"

"这样吧，老李，你辛苦一下，马上到上晁村去一趟，你见了群众，代表我告诉那里的村民们，请他们先从村长家撤出来，不要再围攻了。如果是要对村长的问题检举揭发，我们会马上派人去调查处理，不要搞过激行动，对大家都没有好处，也不利于解决问题。你把这个理跟村民们说清，一定要说清。"

"好的。"

"慢着！千万千万注意要告诫群众不要闹出人命来！"

纪委副书记李俊峰放下电话火速赶往上晁村，梁雨润则直奔县委书记那儿汇报自己对这一突发事件的打算。

"上晁村的那位村长的问题由来已久。这是个有点背景的人物，但他再有背景，也不能拿群众生命财产不当回事、为非作歹嘛！该怎么处理，你只管行动，县委坚决支持！"县委书记态度十分明确。

"那好，明天我就派工作组进驻这个村调查。"梁雨润是个急性子，连夜把纪委常委们叫到办公室，随即研究了解决上晁村问题的方案。

　　上晁村到底为什么会激起如此严重的民愤？一调查，发现问题均出在这个村的村长身上。此人姓解，四十八岁，初中文化，1984 年开始任村长。凭着当村长的时间长，这位素质本来就不高的村长，近几年间越发在村里横行霸道，说一不二。村务和经济情况从不向村民公开，而且常常以权谋私。村民的不满情绪日积月累。1996 年夏季征粮时，村长以修路急需用钱为由，多次找到胡张乡粮站站长及县粮油总公司经理，提出将村里的一批粮食出售给粮站。乡粮站和县粮油总公司派人到上晁村看了粮食数量与质量，答应按国家保护价收购。但后由于粮库紧张，无法过秤入库。村长又多次找到粮站站长，说能否暂付一部分粮食款。粮站站长想了想，便让会计给了姓解的"上晁村粮食预售款"3 万元。1997 年 1 月，粮站有了调拨计划，到上晁村提粮时，却发现粮食有质量问题。粮站领导向解村长提出退款，解不退，说自己家里有粮食，质量尚好，可以抵此款。粮站见钱已被人家拿走，也觉得想不出更好的办法，便答应按解所说的办法办。但日后粮站与解多次交涉交粮事宜，解总推三阻四，说等来年村上打出质量好的粮食再上交。事情就这么拖下来了，至今未交粮。而这笔当初说是修路的钱他也从中做了许多手脚。

　　姓解的办事作风一向简单粗暴，当有村民对此有意见时，他便怒气冲天，找人将提意见的村民狠狠揍了一顿。村民们被激怒了，联名向上级告了他的状。可是状纸给了许多部门，村民们却从未见有人来查处和听听大家的意见，反而是县上的某领导多次来到解某的家"检查工作"。解某因为有人壮胆而更加狐假虎威。听说有人上县城和市里告他恶状，就在村委会的高音喇叭里指名道姓地骂人。更有甚者，他举着菜刀站到举报和告他状的村民房前，口中狂叫谁要是与他解某过不去，"我他妈敢杀了你！"其嚣张气焰让村民们忍无可忍。1998年春开始，村民曾4次集体上访到县城和运城地委。但姓解的依仗着他与夏县某领导有着特殊关系，始终不曾伤过一根毫毛。

梁雨润派出的纪委工作组，核实了该村长的经济问题及作风粗暴横蛮问题，并根据民愤，按照党纪和村委会管理条例，向有关部门作出了建议对解留党察看一年、撤销村长一职和归还所挪用的公款等处理意见。

原以为这样的处理可以使上晁村广大村民有个安家乐业的环境，哪知姓解的颇有些神通广大，在县纪委建议有关部门对其作出上述处分后不久，因某种原因却仍在其位。而解某不仅没有吸取以往的教训，反而把那些曾经告过他状的村民和党员视为眼中钉肉中刺。村民们无法接受这样的现实，他们再次联合起来，这回事情可就闹得更大了。

　　那一天梁雨润正在乡下搞蹲点调研，突然县委书记打电话给他说道："老梁啊，省委刚刚来了急电，说我们的上晁村去了100多名老百姓，打着旗子正在省委大门口集体请愿！省领导发怒了，说这不是给山西省的几千万人民丢人现眼嘛！现在围观的群众和各地记者都纷纷拥到了请愿现场。你马上回县城，省委和地委批示你和我们几个立即到省城去接人！咳，这个上晁村啊，这几天省里正在开人大、政协'两会'，他们可真会给咱夏县丢脸嘛！"县委书记也被这一突发事件急得直想骂娘。

　　梁雨润一听这消息，心头也"咯噔"一下紧了起来：上晁村的事不是刚刚处理过吗，怎么又闹到省城去了？他火速赶回县城，与其他几位县领导连夜赶往太原。

　　"老梁是必须去的，你不去恐怕我们几个去了还是带不回上访群众。去了如果不把群众带回来，我们的乌纱帽恐怕就会让省里给摘了。"几位领导一路给梁雨润戴高帽子，不过他们确实说了真心话。

　　那一夜七八个小时里，梁雨润丝毫没有合眼，他的压力其实也很大，因为他还没有弄清楚为啥这个村的村民在他已经处理了村长之后，反倒闹出了更大的乱子来了？

　　"你们是怎么搞的嘛？"当在省委接待室见到100多名上晁村村民时，梁雨润无法按捺心头的不快，说。

"梁书记，不是我们存心想把事情闹大，实在是通过你这样难得的好书记'梁青天'也在我们夏县得不到公正，我们于心不甘啊!"村民们有人挥泪向梁雨润诉起冤来。

"慢慢说，到底你们为啥还要到太原来闹嘛。"梁雨润顾不得喝上一口水，蹲下身子一屁股坐在上访的村民中间。

"梁书记你不知道，那姓解的被撤职罢免后，乡里为什么还让他当村长？而且这回比以前更霸道了。我们实在受不了，又觉得人家在夏县也有靠山，你梁书记即使想帮我们也未必能帮得彻底，所以就想上省城来让省里出面解决我们的事……"

梁雨润这回总算明白了事情真相，他气喘喘地弯下身子，往地板上一仰，然后直起腰，对100多名集体请愿的村民说："老少爷们，你们辛辛苦苦从夏县跑到太原来，我不能说你们来得一点没有道理。将心比心，要站在你们的立场看解某的事，也许我也会向省里来反映情况。可是我话又得说回来，你们图的不是解决问题吗？你们想一想，真正要解决夏县的问题，靠谁？要我说还得我们夏县自己来解决。你们到省里，或者再往上到北京中央那儿告状请愿，这是会引起上级领导更加重视些，但省里中央就是真要下决心帮助你们解决问题，还得要到咱夏县来。到了夏县才能找到你们上晁村的解某呀！他解某区区一个村长，省里和中央怎么可能具体地管到他呢？就是再要撤他的职，处理他，总不能让省委和中央下文件吧？还得由我们夏县这一级基层组织来定案吧？大家想想我说的是不是这个理？"

请愿的群众窃窃私语起来，很多人在点头。

"好，既然大家同意我说的，那么我再问你们，上次我们纪委会同检察院同志到你们村上最后是不是也动真格的，对解某的事进行了严肃处理了？"梁雨润问。

"可他解某凭他与某某领导的交情继续干村长，比以前更耀武扬威地骑到了我们头上。所以我们感到'夏县没青天'，便跑到太原来了。"有人站出来说。

梁雨润笑了："大家可能听说过，我到夏县任纪委书记后处理过一些比你们村这事更难的案子吧？而且也治了一批比解某问题更严重的司法腐败分子，那时我听群众称我是啥'梁青天'？！有没有这事？啊哈？"

"有有。梁书记你在夏县处理恶霸的事我们都知道，老百姓都说你是咱夏县的青天。"众人争着说。

梁雨润又笑了："是啊，你们是知道我梁雨润这个人是怎样在办案的，可是现在却对我失去信心是吧？"

"没有没有，梁书记您别误会，我们对您绝对信任！"

"那好——"梁雨润突然从地上直起身，大声对集体请愿的村民说，"既然大家还信任我，我在这儿说一句掏心窝的话，你们如果真想解决问题，现在就跟我回去，我梁雨润用人格和党性向你们保证，解某的事一定会坚决彻底地处理好！怎么样？"

"行。你梁书记的话我们信。只要你能彻底解决解某的事，我们再不会出来上访闹事了！"众村民情绪高涨。

"好。我们一言为定！"梁雨润伸出手。

"一言为定。"众村民纷纷将手伸了过来。

第八章

　　梁雨润的双手和村民们的手握在了一起。至此，这场历时一星期、消息传到中南海的夏县农民集体到省委门口请愿事件得以解决，当晚100多名上晁村村民跟着梁雨润一行平安地回到了夏县。

　　梁雨润是个说话算数的人，尤其是上晁村这桩事，他更是不敢有半点怠慢。梁雨润寻思着关键是县里某位领导的问题。他与解某关系密切，所以当解某在前一两个月被梁雨润派去的工作组查处后，此领导一得知，便抓住解某所在乡的乡党委领导喜欢用像解某这类专横跋扈之辈管理农村事务的这一特点，竭力为解某说情。结果乡党委竟然无视县纪委作出的对解某实施留党察看一年的处分和撤销村长职务的建议，让其蒙混过关，依旧当着上晁村的村长。老百姓的眼睛是雪亮的，见某些领导如此掺沙子，不反才怪呢！

　　把问题分析透彻后，梁雨润在县委常委们的支持下，对与解某有牵连的几位县、乡领导干部进行了严肃的谈话，用党的纪律正告他们要好自为之。这样的旁敲侧击，果然起到作用。县委重新成立调查组，针对群众所反映的解某的表现，在进一步调查核实的基础上，重新作出了对解某进行留党察看两年和撤销村长之职，并另加一条，罢免其县人大代表资格的决定后，县、乡两级干部中就再不曾有人出面为解某说情了。

　　当解某又一次被组织更加严厉地处理的决定在上晁村宣布时，这个有着3000多人的大村的村民们欢呼雀跃，奔走相告，场面异常感人。

　　群众高兴了。姓解的不干了。一些在他任村长时得到过好处的本家也因此将在村里失去某种"特权"，他们串通一气，几次上县纪委围攻，企图制造事端，但均因梁雨润和纪委的同志凛然面对而没有得逞。但自认为在夏县也是个"场面上人物"的解某，极不服输。

　　一日晚上9时许，梁雨润独自在办公室批阅文件，门"哐当"一声被踢开了。梁雨润不由一惊，当他转身时，一脸怒气的解某已逼近而来。

　　"你来干什么？"梁雨润从椅子上站起来。

　　解某止住脚步："来干什么你还不清楚？"

"具体地说。"梁雨润平静地说。

解某喘着粗气:"我今天来问问你梁雨润,你为什么要处分我?而且那么重?"

"你应该先问问党纪国法,看该不该处分你。"

"你这是磨道里找驴蹄儿。你是纪委书记,你比我更清楚现在哪个干部没有问题?谁又能比我强多少?"

"我也告诉你一句话:只要我梁雨润还在夏县当纪委书记,谁有问题就处理谁!"

"我不信你能处理得完!"

"只要是群众检举和自我暴露出来的,我和纪委就决不轻易放过一个!"

"可你现在为啥偏偏揪住我一个人不放?"解某没话找话,气急败坏地抡起拳头"乒——"的一声砸在了梁雨润的办公桌上,那台面上的玻璃板顿时碎成几片。

"姓解的,你放尊重点!我在这里告诉你,眼下你还是留党察看的党员,你应该知道自己该做什么,不该做什么。"

"哼,我,我不要了这党员又怎么样?"解某尽管理屈词穷,却强梗着脖子,两眼冒着火,在距梁雨润咫尺之地,号叫着。

"那你还应当起码做个守法的公民!难道你连这个都不想要了?"梁雨润用同样的目光直逼对方。

　　此时屋子里静得出奇，只有两种不同的目光在无声对视。这样的情景大约持续了两分钟。

　　最终，解某退却了，他的双眼黯然地低下，然后扔下一句"我算认识你这个人了"，便灰溜溜地离开了梁雨润的办公室。

　　在处理农村问题的过程中，梁雨润感触颇多，其中最多的莫过于一些干部由于自身的素质差，加上有的干部在村上本身就是家族利益的代言人，因而在处理日常事务中，不能秉公办事。有些村干部又因为自己在本村长期担任干部，渐渐成了某种特权人物，把集体和党的利益变成了"以我为核心"的家族式领导。而正是由于他们的家族宗派意识重于群众意识，再加上个人私心严重，所以他们一旦有了些小权后，不是在为村民们谋取利益，而是时不时地将利益的天平倾斜到自己或者倾斜到自己的家族利益之上。老百姓说得好呀，一个村上的人每天低头不见抬头见，你就是想田头刨一勺土回家，也还有人瞧见，别说你把利益的天平倾斜了 30 度。

　　不过堕落成"村霸""地霸"的乡村干部毕竟是少数。但那些工作简单化、处事粗暴无情、独断横行、村务不透明的干部却很普遍。且常常因为他们的这些缺点和毛病，往往遇到问题时，就站在群众的对立面，不仅不能成为老百姓所欢迎拥护的对象，反而让老百姓产生痛恨感。日久天长，使得广大农民对政府和党的信任发生了巨大动摇，这是当今农村现实中带根本性的一个严重问题。

梁雨润觉得扭转这样的局面，改造低素质的干部队伍，这是他作为一名党的纪检干部不能不管的紧迫任务。

裴介镇某村的事件就十分典型。

村长是个有三十多年资历的老干部了，在这个村里他的声音就是"命令"，甚至就是"上级精神"——尽管群众常常议论他的"上级精神"中总是包含了他本人的诸多"主观色彩"，但他的一句话在村里能顶一万句。他因此在村里具有绝对权威。更可怕的是他不允许群众在他面前说个"不"字。

本来风平浪静的村庄，终于因他而矛盾激化。

1998年7月14日，梁雨润接连在夏县办完两件严重侵犯农民利益的案件，正准备在全县召开反腐败公处大会。为了得到上级的支持，这天他带着准备在公处大会上宣布对一批违纪违法干部处理决定的材料，到运城市纪委汇报。市纪委信访室主任叫住了他："梁书记，你来得正好。这回我们可以喘口气了，快快，有请你了！"

梁雨润不久前还在市政府机关工作，与这些同志都比较熟悉，便问有啥好事想着我梁某。

"好事？哈哈，你想我们找你有好事吗？"市纪委信访室主任朝他摇摇头，唉声叹气道，"你们夏县的一大帮子人又围在市委机关大门口闹事呢！领导们让尽快处理。我正犯愁哩！这下好了，听说你一到夏县就办了几个案，全夏县人都在说你是那儿的'梁青天'。好啊'梁青天'，这回我可要验证一下你这个'梁青天'到底是真是假。"

"老伙计你千万别拿我开涮啊！"梁雨润苦笑道。

"但我想此事也非你莫属。本来我就准备给夏县那边打电话，火速请你赶来处理呢。这回省事了，你现场办公吧——我的梁书记，请——！"

梁雨润被信访室主任"逮"住后，两人一起来到机关大院门口。果然那里聚集了一大堆农民，他们自报家门说是夏县裴介镇某村的农民。

"你们是来干什么的，乡亲们？为什么要从夏县跑到这儿来呀？"梁雨润大声对围在大院门口的农民群众说。

"夏县的领导们不管我们的事，我们是被迫来这儿找市委领导的。"有人说。

"不对，我是夏县纪委书记，可我却不知道你们到底为何到此地。我想听听大家说的！"梁雨润无奈地亮出自己的真实身份。

"啊，他就是新到我们夏县的梁书记？"

"对对，他就是！我见过他，真是他！"

　　"梁书记，我们向你反映也行，你一定要帮助我们农民出气呀！"

　　"对，梁书记，有些村干部现在太霸道了！凭什么他们想干什么就干什么，想要什么威风就要什么威风？我们无法过日子啦！"

　　梁雨润面对如此众多的上访群众，又是在他的顶头上司的地盘，感到必须讲点策略，不能将事态扩大。"大家既然这么地信任我、支持我，希望我来管，那么你们听我一个建议如何？"

　　"行。梁书记你说吧！"众人说。

　　"我想大伙儿都是通情达理的。你们说解决问题是不是要靠一级一级政府和组织呀？对嘛。既然解决问题是这样，那你们说反映问题是不是也要一级一级来反映呀？这个道理没人反对吧？好，那我就说，既然问题出在我们夏县自己那儿，大家不是冲着要解决问题出来的吗？我答应大家，今天是 14 号，16 号我们全县要开反腐败公处大会。18 号你们来找我，我们一起研究如何解决你们想要解决的问题如何？"

　　"行，梁书记，我们听你的安排！"

　　"谢谢大家。"梁雨润朝大家鞠了一躬，然后说，"我满足了你们的要求，但我也有一个要求：希望你们到时不要放弃自己地里的活都跑出来，派 5 个代表来找我就行。成不成？"

　　"成！"众人异口同声应道。

"好，一言为定。18 号我在办公室等你们的代表！"

"一定去！走，可以回家啦——！"

方才还怒气冲冲的 49 名裴介镇农民，顿时个个脸上挂出了宽慰的笑容，愉快地离开了市委机关大院门口。

16 日，也就是梁雨润来夏县整一个月的日子里，夏县召开了一次近几年罕见的声势浩大的"反腐败斗争公处大会"，会上宣布了对违纪违法人员的处理决定。

会议一结束，梁雨润就想着裴介镇那群到市委集体上访的农民。为了全面掌握情况，使解决问题时更有针对性，17 日，梁雨润便来到裴介镇政府所在地。经过了解，梁雨润弄清了该村农民集体上访的基本情况。

这几年，由于农村实行种植调整，农民们基本上是自己认为什么效益好就种什么。经济类作物比例加大。但由于种种原因，种植业结构的调整还很不够，所以一些农民花了不少钱却未能获得预期的经济效益，收的部分没有抓到手，必须上缴的部分因为种植面积发生了变化而完不成。

每年小麦收完后，西北黄土高原一带的公粮收缴任务是乡、村两级干部头一件要做的事，同时也是这里的乡村干部们最头疼的事。上级的任务是死的，你必须完成，且一级压一级，谁完不成任务谁的政绩就是零。公粮都催不上来，那乡村干部还有什么事可做?

这里的干部们戏言:如今乡村干部最难当,计划生育咱不能干涉到人家的裤裆里,种田产粮咱不能在田头指手画脚,到头来只剩下酒桌上划拳猜数的能耐。

牢骚归牢骚,公粮的事乡村干部还是去不遗余力地催,但问题是以什么方式达到什么样的效果。

这个村是个五六千人的大村,夏县裴介镇是全县最大的镇,5万多人口;而裴介镇这个村也是大村,村长资格更老,当了三十多年村长,平时说话能震十里方圆。催交公粮问题上,老村长有老村长的办法:谁敢不交,就搬他的家具牵他的牛羊。一句话,你们不能空着手回来!不能惯他们的毛病!

有老村长的话,参与催公粮的几个干部似乎胆子壮了不少。但事情并不像他们想的那么简单。比如有个叫李民权的农民,他说啥也不交。他不是家里有羊崽吗?把羊崽给我牵到村委会来圈着,看他是交粮还是要羊!

到了李民权家,几个催粮的干部和镇派出所的警察便不管三七二十一,任凭他家老小哭天喊地,打开圈栏,牵了5只羊就走。

李民权气极了,骂村干部是强盗。村干部反骂他是刁民!

这两边对骂也骂不出个结果。村干部虽然牵了5只羊来,可真要说与交公粮的事扯平还挺麻烦的,你总得要把5只羊卖掉换回钱吧？有了钱数才能折合多少粮食吧！李家更是气不打一处来，本来把粮田改成了苹果树园就没得过好收成，结果连几只本是当作"摇钱树"的羊崽也给人牵走了！可麻烦还在后头。村干部不是牵走了5只羊吗？其中有一只是母羊，它正喂育着两只没有出满月的小羊羔呢！母羊牵走了，三天过去，小羊羔饿得整天乱叫，最后死在了主人的跟前。

李家急红了眼，吵到老村长那儿，说你凭什么抢走我的羊？你这是霸道，不讲理，哪像共产党干部做的事？

老村长在村里的威严是公认的，他自个儿特别注意在群众面前的尊严，叫来几个村干部把李民权赶到一边去。"你再闹我就敢把你抓起来！"老村长怒不可遏地斜了一眼向他示威的李民权。

"你敢？你抢我家的羊，还想抓人？呸！你是土匪！"李也不是吃素的，梗着脖子不认输。

围观的群众越来越多，村上像李民权这样的群众不是一两个，而且李民权的景况与他们十分相似，村干部的简单粗暴方法使他们同样十分不满。

老百姓是什么？你可以将他们当作什么都不是的社会最底层的分子，但你不能不尊重他们作为人的基本尊严。今天的一些政府官员和干部们正是太不把他们当回事了，不讲感情，也不讲究方法。有道是"官逼民反"，当百姓认为他们的根本利益被无端侵犯到了极点的时候，不满和愤怒是必然的。

现在的基层干部工作也很难做，他们心中有怨气，认为自己在为政府和组织做事，却得不到群众支持，相反还受到围攻，久而久之，官员和干部们把这种怨气发泄到百姓身上，使本来简单的问题激化了，对立了，并且时常将后果和责任推给群众。

其实，这样的官员和干部，他们忘了一个最基本的出发点，那就是：你为政府和组织在做事，那么政府和组织最终又是在为谁服务？我们中国共产党人的根本出发点就是为自己的百姓和人民的利益服务。明白了这一点，一切与百姓发生的矛盾和冲突，便能迎刃而解。

裴介镇的这个村的干部缺乏的正是对这一基本出发点的理解。他们很辛苦地在每年收公粮时，起早摸黑，甚至叫上了镇派出所的干警跟着到各家各户，催粮取物。但百姓不仅不支持配合，而且极为反感。这一年的矛盾激化就是在这种情况下诱发的。

当李民权的5只羊被村干部强行牵走后，村民们的情绪立即被激化起来了。有一位群众看到强行取走他家物品的干部和干警在离他家门口不远处狼吞虎咽地吃着喝着，顿时火冒三丈，搬起一块石头，气冲冲地跑到正在吃饭的干部和警察中间，"哐"的一下将一口装满饭的铁锅砸碎。

"你疯啦？"干部和警察没想到有人竟敢如此对待他们，一怒之下掏出手铐要铐那个村民。

这下热闹了。一边要铐人，一边是嚷着警察要打人，上百人搅和在一起。最后谁也敌不过谁，一位警察手中的手铐在不注意时被李民权夺了过去。

"你拿走手铐干什么？"警察急了。

"我要上运城领导那儿去告你们！"李一边举着抢到手的手铐，一边跑步溜出了混乱的现场，直奔运城市。

"不像话，能这样对群众！不交公粮你们就可以用手铐铐群众，就可以拉走人家百姓家里的东西？谁让你们这么干的？知道吗，这是违法的！立即给我停止这种行动！"市委书记听后大发雷霆。

警察走了。可上级要求村干部完成的催交公粮的任务没有结果，无奈的村干部还得继续催下去。

"5 只羊事件"就是在这样的背景下出现的。

"几只羊算什么事？我们是村干部，治不了这种事当村干部还有啥劲？"在 17 日这天，梁雨润与镇领导一起听取该村干部汇报情况时，明显感到这个村的干部存在着比较严重的脱离群众的问题，所以 18 日他在接待 5 名村民代表时着重请大家就村里存在的问题畅所欲言。

这回村民们像开了锅一般，你一句我一言，一直跟梁雨润谈了三个多小时。

他们集中反映的问题，既有干部催公粮时的粗暴方法和简单手段，更有不满干部对村务的长期不公开、工作作风及一些违纪问题。

像裴介镇这个村的干群关系长期处于紧张状态的问题，并非是件容易解决的事，弄不好反而会更加对立。梁雨润想，不能采取简单的处理方法，经过再三思考，他决定先派工作组进村调查了解清楚问题。

若干天后，梁雨润在听取工作组的情况汇报后，决定在裴介镇政府就该村的问题召开"当面锣，对面鼓"的"解决纠纷现场会"。

"梁书记，你可要小心哟，这村的干部和群众都不好惹，弄不好双方争执不下时会大打出手，到时你可就成了两边都要踩的烂柿子呀！"有人好心地劝道。

梁雨润不动声色地笑笑，说："烂柿子的结果我并不是没考虑过，但像这样一个村的干群关系长期不融洽，再靠隔墙传话怕不仅仅是踩成烂柿子，而是早晚要被那垛倒下来的墙给压扁了。"

时隔数年后，梁雨润对我说，当时他尽管嘴上对手下说得那么有信心，其实自己心里也是没有底。将矛盾对立的双方弄在一起说事论事，实际上跟摆擂台差不多，搞不好就会砸锅。老百姓没啥怕的，你抢了我的东西，连饭都不让我吃，我还有啥可顾虑的呢？村干部也不是吃素的，你压急了他，一甩手不也是个老百姓嘛！所以说，梁雨润当时心里装的那根天平杆，就像搁在针尖尖上，稍稍要偏一点点儿，弄不好准会刺到哪一方的心肝上，这就难收拾了。一边是党的干部，一边是人民群众，你说到头来挨鞭的是谁？谁也不会，能挨鞭的当然只剩下一个人，那便是梁雨润，因为是他挑的这个头。

梁雨润不能不掂量这种结果，然而群众已经集体上访到市委大门口了，干部把公安人员的手铐都用上了，你当领导的能再不管不问？

"这个险我必须冒。再说我也相信我们的干群觉悟。"梁雨润说。

那天下着霏霏细雨，仿佛要给矛盾着的双方增加一点儿阴沉的气氛。再看看镇政府的会议大厅内，座无虚席。80余名党员和13位村民组组长及村支委、乡政府干部全部到会，另外还有5名村民代表，加上县纪委人员等共计120余人。梁雨润和乡党委书记、县纪委负责同志等端坐在主席台上。

会场气氛严肃。矛盾双方眼睛盯着眼睛，等待着"开火"的机会。

"现在我宣布今天的会议纪律：一、谁要求发言，应先举手。

经主席台主持人同意后再发言。二、发言者和被提问者必须摆事实讲道理，蓄意争吵者将被劝出会场。三、凡对群众提出的问题，根据谁分管谁回答的原则，村干部必须一一回答，回答不了的由村长和支部书记回答。大家有没有意见？"梁雨润首先说道。

农民们第一次接受这样有条有理的安排，觉得挺新鲜，又合情合理，齐声回答：没意见，蛮好。

"村干部们呢？"梁雨润又问。

村干部们用目光交流了一下："没意见。"

"好，会议现在开始……"

谁说农民水平低见识少？你不给人家提供平等的机会和说话条件嘛！没有让他们掏心里话的机会和这种平等的权利时，他能不跟你嚷嚷闹事嘛！会议开始后，村民代表一个接一个地对这些年来村委会和村干部在计划生育、对外承包果园、宅基审批、村务公开方面，提出了一串串责问。实话实说，事事有鼻子有眼，件件讲在点子上。倒是村干部在有些事上被问得不知所措，吞吞吐吐。

会议秩序比预想的要好，而且越开到后来气氛越融洽。即使像李民权这样被村干部牵走5只羊的"钉子户"也没有发蛮劲，讲粗话。

真正受教育的当然是村干部。他们在群众责问的一个个问题面前，不得不承认主要责任在自己身上。小官僚、有贪心、耍脾气、没把群众关心的事认真加以解决，从而使村民意见越积越多，直到怨声载道，集体上访……

"老村长，你还有啥要讲讲？"梁雨润见火候已到，便点名发言。

这是个关键人物，三十余年"官龄"的村长，不能说在一村之中称帝，也可称王了。

所有目光聚向老村长身上。会场上顿时静得连针掉地的声音都能听得一清二楚。

老村长终于站立了起来，那张黝黑的脸涨得有些红："大伙儿的意见我都听了，虽说有些出入，但总体提在理儿上。我受到很大教育，这么多年来像这样的面对面论事论理，还是头一回。对过去的事，我负主要责任，我愿接受大伙儿批评，也甘愿接受组织处理。"

梁雨润的心头顿时松下一口气。再看看在场的群众代表和党员干部，他们的脸上都露出了笑容。

"今天的会议达到预期目的。县、镇两级将就你们村的情况在最短的时间内向群众作出明确交代。不知大家现在有没有忘了一件什么大事？"梁雨润站起身问会场上的所有人。

会场又是一片寂静，大家面面相觑，脸上都是一片茫然。

"看看，看看表啊！都几点了呀？！你们难道不饿？"梁雨润突然大声问道。

可不，已经是下午5点多了！咳，整整开了八个多小时的会议！连饭都忘吃了！哈哈，哈哈哈！

村民和干部们多年来一直没有在一起这么痛快地开怀大笑过。当他们一起走出会场时，天边一缕红霞正照射在丰收的田野上，呈现无限美景。那个李民权在红霞下跑得最快，他要赶在今晚把那5只离家多日的羊牵回家好好乐一乐。

而梁雨润与镇领导则在忙碌着另一件重要的事：根据群众意见和事实，对原村长和村支部书记的问题进行了查处，重新经全体村民和党员选举出了新的支委和村委会，这个闹事多年的"上访村"终于在春风化雨中开始了新的一天。

说句实话，当中纪委的有关部门向我介绍梁雨润的事迹，看完《中国纪检监察报》的报道后，我一方面对梁雨润同志的事迹表示敬意，但同时内心却存几分怀疑。中纪委领导和报社给予梁雨润"百姓书记"这样一个崇高的称号。或许正是因为这种称号已经离开我们太久了，所以一旦出了这么一个真正的"百姓书记"，我反而觉得有些突兀。

原因其实并不复杂，正如有些群众说的，现在的干部不贪就是好干部了，而不贪又一心一意想着老百姓的事，并且充满感情地为最基层、最普通、最无"回报"价值的农民们着想，确实在我们的现实中不是太多而是太少了。

　　是否采写梁雨润，即使在看完中纪委的领导对他的评价及各媒体对他的各种报道之后，我仍然拿不定主意。但是后来通过夏县纪委，拿到了一盘一年多前梁雨润奉命调任运城市纪委副书记、离开夏县时数百名群众欢送他的录像带。这盘录像带使我产生了非采写他不可的念头。

　　我没有亲身经历过那个像电影和小说里所表现的热烈场景。生活中的真实确实常常比艺术中的真实更能打动人。从那盘录像的拍摄质量看，摄像者显然是临时到现场仓促摄制的，但它仍然丝毫没有减弱其感人至深的场面效果。

　　梁雨润离开夏县赴运城市委任职的那一天早晨的八九点钟，他和县委、县纪委的同志握手告别，正准备走出县委大院上车出发时，突然看到县委大院门口一下来了数百群众。那些群众见梁雨润一露面，便锣鼓鞭炮齐鸣，一幅幅写有"百姓的好书记""夏县人民想念您"等内容的横幅与标牌，高举如林。群众纷纷向梁雨润拥过来，与他又是握手又是争着照相。而梁雨润则一边一个劲儿地说着"你们怎么知道我要走嘛？""你们村要到这儿几十里路，咋这么早就赶过来的呀？"一边不停地推辞着农民群众塞过来的红枣、鸡蛋和匾牌什么的。这时，不知哪个村的一位妇女突然挤过人群，拉着梁雨润的手，一个劲儿地哭着说："梁书记您不能走，我们不让您走……"这时，我看到画面上众人纷纷在抹泪，跟着在高喊"梁书记我们不让您走！""一定要再来！"我看到梁雨润回应大家说："大家放心，我会经常来的！"说着说着，这位老百姓心目中的"大干部"，也忍不住流出了眼泪。

这一刻情景叫人无比感动。

我在看这段录像时，也忍不住掉下了热泪。因为我知道这不是艺术创作，而是今天的人民群众在欢送自己无限热爱的一名干部。都说纪委干部是"铁包公"，而梁雨润到夏县三年间处理的重大案件不下 200 个，在那些生与死的斗争考验面前，他所给人的是一位"包青天"形象，即使是在为群众解决困难时，他也常以惩恶扬善的严肃面孔出现，而此刻的他，竟然哭得像孩子般地纯朴，热泪淌湿了他的胸襟，他也不去理会，似乎完全忘了当领导者的形象了。

我看到这时的画面上有一群特别显眼的群众，他们数人扛着一块巨大的镜框正朝梁雨润走来，后面是一队穿着鲜艳服装的农村妇女。当他们来到梁雨润面前时，一位村长模样的汉子先是代表全村人说了一番热情洋溢的话，然后赠上那幅巨大的镜框。接着那队穿着鲜艳服装的妇女们开始边唱边跳。一看便知这是农民们自编自演的节目。舞姿几乎都是二三十年前我们经常看到的那种样式，曲调也是那个时代的，但她们一招一式的认真演出，将整个场面推向了高潮。我当时记下了她们唱的小曲内容：

　　　　各位领导你们好，听我来把歌儿唱，今天不把别的
唱，专表咱的梁书记。

　　　　梁书记呀心向民，哪里不平哪里去，秉公执法攻难
关，夏县人民的梁青天。

　　　　苦事难事他都办，为了百姓天不怕。

　　　　师村打井有争端，梁书记坐镇解难题。

　　　　清水长流葡萄地，致富日子万年青。

　　　　做官的要像梁书记，祖国江山更美丽。

　　　　……

　　后来我知道，这既不是明星唱的，也不是作家写的歌词，是
夏县裴介镇师村的一位近五十岁的大婶写的。她不仅写了这首歌，
而且拉着几位同样年龄的村嫂们编演了这出名为《梁书记是咱百
姓的好书记》的歌舞。

　　也因为这出令我感动无比的节目，所以到夏县后我提出一定
要到那个师村看一看，看看那里的村民为什么要用如此隆重的形
式来歌颂梁雨润。

　　那天到师村后，我提出还想亲眼看一看村嫂们的那出《梁书

记是咱百姓的好书记》的歌舞时，不想村嫂们欣然答应，并在不到二十分钟的时间里就为我进行了一次"专场"演出。4位平均年龄四十多岁的妇女，有板有眼地在我这个北京来的客人面前边歌边舞，一点没有做作，自始至终，表演得认认真真，使我感慨万千。

我知道在今天的农村，除了四五十岁的人和还在上小学中学的孩子以外，是不太可能再有年轻一点的人了。年轻人不是在外打工，就是在外读书。留在村里以种田为生的多数是些上了年纪的人。人们不会唱流行歌曲，也不会跳现代太空舞之类的东西，他们会的依旧是二三十年前他们年轻时代的那些歌与舞。如果不是特别原因，我想农民们是绝对不会重新将这些连他们自己都感到过时的东西拿出来的。

但师村的村民们竟然将这些落伍的"看家本领"在今天拿出来，实在是她们认为在尽自己的所能做一件必须要做的事。她们是在完成全村人的一个重托，这个重托显然是为了还一个心愿，一个无法让他们忘却的心愿。

这个心愿是对梁雨润的一片崇敬和热爱。

我们的人民就是这么好，当他们认为你在为他们的根本利益服务时，他们甚至可以不惜生命地支持你、爱戴你。这便是我们中国共产党人过去几十年里与人民群众唇齿相依、血肉相连的关系。

师村农民对梁雨润的那份浓烈感情，是与他们如今飘香四方的葡萄园的兴旺相关的。

这个有几千人的大村，有一群不甘贫穷的庄稼人。早在二十世纪七八十年代，他们在党的政策召引下，便开始向贫穷的日子宣战。然而在黄土上挥洒汗珠换金子，并不是件容易的事。问题的关键是这儿水源匮乏，加上人畜饮水需求量越来越大，原有的地下水水位也在一降再降。如果想在干裂的土地上有所作为，离了水，干成的可能性几乎是零。二十多年来，师村人倾尽全力，将井越打越深，然而几乎每一口300米以内的深井，都是无水可见，留给村民的却是沉重的债务和雪上加霜的日子。

九十年代以来，师村附近一带的农民开始种植葡萄，特殊的土质，加上充足的水源，使周围一些有头脑的农民富了起来，师村人更是如坐针毡。恰在这时本村第一村民组的许氏兄弟，在外做工赚了钱后便回到村里，出资十余万元打了一口320米的深井。因为此井是许氏自家出钱打的，别人要用水，得以每小时30元的价格来买水灌田。人家许氏兄弟以井卖水，合理合法。师村广大村民不用又不行，用了许家的井水又心疼，一个字——贵！

1998年年末，该村第五、第六组村民们商议：集资打口深井，以结束到许氏那儿买水的历史。两个组的村民踊跃响应，有钱的没钱的都在准备着一份打井的款项，一份耕作葡萄园的成本。时间就是来年的收成。大伙儿集资十几万元，便请来打井专业施工队，开始轰轰烈烈地打起井来。可是刚一动工，许氏兄弟跑过来大喊小叫地让停下来。

"你们在这儿打井是违法的！马上给我停工！"许氏兄弟说。

"违法？你许家可以有井，我们几百户村民就不能也有口井？咋，非得花钱到你家买水？"五、六组村民回答说。

"政府文件明文规定，凡用于灌溉的深井不能在 500 米以内有两口井出现。你们的井点违反'水法'。必须停工！"许氏兄弟理直气壮。

想打井的这几百户村民急了：打井队已请来，每天干不干都是 500 元的工钱，有合同在。这是其一。其二，来年开春将至，几百亩刚刚备好的葡萄园圃更是一笔大成本，不打井没有水不是全白费了？不行。赶快想法子。

村民跑到镇里县里问到底是不是"水法"有这么个规定。

是有这一说。镇里县里的水利部门干部回答说。

六组村民不信：这地是咱全村百姓的，你许家能打井，我们几百户人家集体组织起来的反倒不能打井了，这是哪门子道理？

打！土地爷留下的地下水，我们凭什么不能要？打井的机器又隆隆响起。

"他们这是成心！狗日的穷疯了想抢我们的金饭碗呀！"许氏兄弟朝本村的男男女女们挥手道，"想今年种葡萄园发财的，你们就跟我把五、六组正在动工的井架给砸了！我给你们每户降2元的水费！"

有好处嘛！走，砸了他们的井架！许氏家族和本组的村民，举着铁棍和扁担，浩浩荡荡出动了。正在施工的打井队见这阵势吓得丢下手中的活计只管奔命。

"砸呀！砸——"这还不容易，稀里哗啦，不用几分钟，整个工地便一片狼藉。

六组的村民闻讯赶到时，许氏兄弟和一组的村民早已"胜利"而归。"天哪，他们咋这么狠呀，还让不让我们活啦？呜呜……"妇女们心疼地拾起散落一地的断管残料，心疼地痛哭起来。

"太欺负人了！兔崽子们，我们跟他们拼啦！"一些年轻力壮的爷们儿感到从未有过的耻辱，挽起袖子，大步流星地朝许家和第一村民组居住的地方冲去。

"不能蛮干，打架会出人命的呀！你们不能去！快回来——！"师村干部及时赶到，横说竖说才把几十位五、六组的爷们儿拉了回来。

村干部像求菩萨似的安抚好五、六组村民后，立即电告镇政府领导，请求前来解决。

镇政府不敢怠慢，又电告县水利部门。领导和专家火速赶来，经过实地察看，认为五、六组村民选的井位确实不符合"水法"条例规定。于是动员村民重新选点。

第五、六组的村民们不干，说："我们是自己集资打的井，换了地方打不出水，谁给钱？还有，马上开春用水，耽误了这一年收成，又谁来赔我们？"

有人悄悄把打井队请了回来，然后又连夜动工。可这打井的活儿没法躲着藏着，这边刚刚恢复打井，那边许家和一组村民们就知道了。他们操着杀猪刀和铁棒，再次向打井工地冲去。

重新机声轰鸣的工地上，五、六组村民这回早有所备，几十个全副武装的青壮年手持木棍和钢钎，严阵以待。

"停工，马上给停下！"

"凭什么？打出水来前我们坚决不停！"

"不停就砸！"

"敢你们——？！"

于是眼睛见红的双方村民步步紧逼，先是嘴仗，继而手仗，随即是铁具大战。

"打啊！"

"拼啊！"

尘土飞扬的田野上，顿时一片"叮叮咣咣"的碰撞声和"爹啊妈呀"的哭叫声……

"公安局的人来啦！"

"救命啊！快来救命啊——！"

正在双方大打出手之时，公安民警闻讯赶来，并在领导的指挥下，迅速将械斗双方隔离开来。然而双方发现谁也没有赢得半点胜利，许氏兄弟和所带领的第一组村民流血的流血，倒地的倒地。开工打井的第五、六组村民辛辛苦苦重整的工地又是一片狼藉。

"再不能打了！好端端的师村，几世几代都是相亲和睦的村民，咋到我们这一代就全给毁了呀？我求求你们了，求求你们不要打了，这解决不了问题啊！"村长、村支书在那一段时间里不知自己是人还是鬼，一面上级要求他们必须保证不能出事，特别不能玩儿命地打架械斗，一面要确保不能在双方未协调好的时候再开工打井。可是还有谁听他们的话？

"不打井可以，你们让许家免费供我们井水浇地。"五、六组村民说。

"免费供水给他们？你说的？哼，想什么美事了？你给他们付钱？"许家说。

村干部没辙了，又只得跑镇里县里去求领导出面解决。

领导不能不来，但来了又能解决什么问题呢？一边坚持要继续打井，一边坚决不让。这阵子真是苦煞了村干部。上面的领导拍拍屁股走了，却在临走时扔下一句话让村干部一分钟都不敢放松：天大的事都可以不干，唯独不能出一条人命！这不等于一道杀身成仁的命令吗？

但是，急红了眼的对峙双方，早已视水井重于生命。为了捍卫各自的水井权利，他们已经做出了决不后退的选择。

"队、队长，再下去真要……要出人命了！赶快想法子呀！"一日，村民代表李引兰跌跌撞撞找到六组组长李学党，连说话都在浑身发抖。

"走，咱们找上面去！"

第九章

李学党和李引兰从这一天开始，几乎天天往镇上县上跑。两人在这一段时间里的经历可以独立地写成一本书。李引兰四十多岁，一副当年郭凤莲式的"铁姑娘"形象，她是村组里的"妇女队长"——虽然现在这个职务在新型的农村基层组织里已经没有了专门"编制"，但李引兰在本村的姐妹们中依然享有这样的威望。在我采访她的时候，这位"铁姑娘"竟然声泪俱下地说她活了几十年什么苦都吃过，但从来没有吃过跑"衙门"之苦——

"那会儿村里人像盼星星盼月亮似的等着能早点开工打井，庄稼地里大伙儿种的葡萄娇气，最怕没水，我们黄土高原的土质干燥，老天爷又连眼泪样的水滴都不落下，村民们急得火烧眉毛，白天黑夜想的就是给苗儿浇水，可是打井的事又僵在那儿，那正像要大伙儿命似的。碰上这样的大事，大伙儿就找到李学党组长，合计着咋来解决这件难事。我们村民受毛主席教育多少年了，不是不明理上面的法规政策，可现在事情变化了，许家兄弟他们有钱打了井，然后霸着一方天地，你要用水人家说多少价就是多少价，你没法子。

"本来大伙儿心里就有气，说这跟解放前的地主有啥区别？现在叫啥市场经济，人家先投入了，就先得益，咱没啥说的。可我们也得吃饭呀！没水咱这儿的黄土咋整出苗苗儿？人家用'水法'来挡我们打井，咱没法，就只能找上级来说话。你可不知道，现在找人办事难啊，难得真像我们女人生孩子似的。你别笑，真的。那些天里，我对李组长说，你就别再拉着我往县上跑了，我宁可忍受生个娃的苦痛，也不愿吃这找衙门的苦。为了打不打井的事，村上的人已经被逼到没路可走的地步，咱们村民们传统呀，总觉得政府办事可靠，能解决下面的事。政府也是我们农民们的依靠呀！不靠政府我们还能靠谁？这么着，我和李组长受大伙儿之托，就往镇上县上跑，开始往镇上跑，后来觉得镇政府解决不了我们的事，便往县城跑。

"你知道现在农民的日子本来就不好过，大伙儿给我们凑钱上城里找领导说事，不易啊！我跟李组长又舍不得花大伙儿的血汗钱，就尽量省着钱不花。咱农家人，在家说啥也饿不死人，实在不行上地里挖一把草也能对付一阵。可在城里不行。弄口水你都得花钱，一瓶矿泉水就得两三块。有一次我拿着空矿泉水瓶，看到一个户外水龙头，便上前灌了一瓶，你不知道人家说啥，说我咋连乞丐都不如，人家是来讨饭的，说我咋连水都要讨呀，而且不知打个招呼。我当时被说得真想掘个洞钻钻。人家可没说错呀！到了晚上我们就更难了，再便宜的旅店也要一二十块钱，我们住不起。就找那些旮旯角落缩一夜。李组长李大哥人家是汉子，又是党员，觉悟高，怕人家夜里巡逻的派出所干警找麻烦，整宿整宿地不敢合眼，又离我八丈远的，我知道他心里在想啥，他是怕那些夜巡的警察把我们当不干正经事的一男一女给抓了。

"他这么着做，我不是更不好独自呼呼睡嘛！这深更半夜的在街头巷尾像夜游神似的，让别人看着可疑，我们自个儿也觉得咋整都别扭。可没有办法，我和李组长知道家里的村民们都急到要跟人家拼命的份儿上了，还有啥苦啥罪受不了？不瞒你作家同志，我和李组长两人在县上跑了三十多天，你猜我们连车费和吃饭等费用共花了多少钱？153块！而且我一笔笔还都有账的呢！你想想我跟李组长在那些天里是过的啥日子！咱是庄稼人出身，吃苦受累扛得住，可想不通现今找当官的办事为啥这么难。

"在那些天里，我跟李组长天天往县里的几个部门跑，我不知道那些当官的和吃着皇粮的干部为啥对我们农民的事那么不上心。有一次我们听说一位领导在办公室，就专门去堵在他的门口。那天是星期四，我们在他的办公室刚露面还没说话，人家就先把我们嘴边的话堵了回来，说他有会要开，得马上走。我们说我们有急事，用不了几分钟请领导听一听情况。人家领导就开始不耐烦了，挥挥手，说等下午再说。我们只好等下午。可到下午上班时，这位领导倒是回来了，但他已经连话都说不清了，而且是被几位助手扶着进屋的。我们以为领导出什么事了。凑近一看，原来他喝醉了。

"没法，我们就待在门口等他酒醒。这领导中午也不知喝了多少酒，一觉醒来时已经到了下班时间。见他摇晃着从办公室走到厕所，我和李组长像松了口气似的以为他该有时间听听我们的事了吧。哪知这领导真是架子大，李组长只开口说了句'我们村……'三个字，他就连连摆手说我的头还糊涂着呢，你们村的事找你们村干部去管。我指指李组长说他就是村里干部，可李组长解决不了那件事。这领导一听就提高了嗓门，一脸怒气地冲我说：你们自己村上的事村干部管不了，找我们有啥用？回去回去吧，没看已经到下班时间？说着他就收拾桌上的皮包，站起身赶着我们出他办公室。我和李组长再想堵住他听听我们想说的话，这时一位秘书模样的人过来，拉拉那领导的衣袖，轻声说着啥晚上已经在某某宾馆安排好了一类的话。那领导听后立即点点头，夹着皮包连头都不回就钻进了汽车。我和李组长猜想人家是又去哪个宾馆吃香喝辣的了。

"可人家是领导呀，吃香喝辣的也算是工作不是？我和李组长寻思着你领导晚上吃香喝辣的咱不好挡，但你第二天总该还要上班吧？头天你有应酬，后一天也总该上班办公了吧？这么着我就又和李组长露宿了一夜街头，等着天明见那领导。不怕你笑话，我活这么大一向能吃能睡，白天干再多活，晚上也能呼呼大睡。可没有想到为了村上打井的事，我居然在城里求见领导的那几个夜里困得眼皮打架也睡不着觉。想想村里的人都在等着我和李组长来县上找领导解决问题的那焦急劲儿，我的心就像在火里烤一样。因为等着第二天要见那领导，我和李组长就在人家的机关大门口的一个墙角下缩缩身子又露宿一夜。我和李组长谁也睡不着，他在旁不停叹气，我就抬头数天上的星星，那夜真长啊！长得我都觉得一夜就能把我的头发等白了。我盯着天上的星星数啊数，后来觉得浑身发冷，也不知什么时候觉得一缕晨光照在脸上。我打了一个冷战，醒了，看看大街上还是没有一个人，却发现有一缕银白色的丝儿挡在我脸上，我用手一扯，丝儿断了。我定神一看，啊呀大叫了一声，把旁边的李组长吓了一跳，他忙问我啥事。我拿着手中的银色丝丝儿朝他伤心地大哭起来，说组长你看我的头发咋一夜就白了呀？

"李组长也愣了，说是啊，以前没见你小兰头上有那么多白发呀！看我越哭越伤心，李组长就逗我，说我还是组长，等队上的井打成后，就冲着你小兰这次上县城跑出的每一根白头发，给你家多灌一小时的水咋样？我听了他的话，哭也不是笑也不是。后来我们总算等到那领导上班的时间。我就是不明白为啥急出人命的事，一到了上面，一到了那些大官那儿就啥也不是了，还不如人家吃饭喝酒重要。我和李组长想，头天你领导应酬了一天，喝得酩酊大醉，也算可以理解，现在不都这样嘛！可第二天你总该像模像样办些公做点事吧？人家偏不！一见到我和李组长，就嚷嚷起来，说你们怎么赖着不走啊？说你们就是有急事也得按程序办啊！我就问啥叫程序呀。那领导便斜了我一眼，说连程序都不懂你们就瞎嚷嚷要我办事办事？咋办？全县几十万人都像你们这么着找我，我给谁办？又不给谁办？李组长就赶紧过来赔不是，说我们是按程序来见您领导的，来找您领导也是你们办公室的秘书指点的。那领导一听就更火了，说啥指点的，明明是你们两个死缠着秘书非要见我不可！而且擅自闯入我的办公室，要都像你们俩，我还怎么个工作？

"他这么一说，我和李组长当时还真的像是自己做错了什么大事似的，一个劲儿地向人家赔不是。等我们反应过来该向那领导'汇报汇报'村里的情况时，却发现人家领导不知跑哪儿去了。再问隔壁的人，都说不知道。当我和李组长急得团团转时，有个模样蛮像好心人的过来劝我们说，今天是星期五了，估计你们不会再见得到领导了，要不你们星期一再来。我一听就拍腿大哭起来，心想转来转去还要等几天，这不天都要塌下来了吗？我越想越觉得心里好冤枉啊，越想心里越觉委屈，哭得上气不接下气。可气的是我这么委屈，人家那些干部们却在一旁窃窃私语说这个女人一定是神经病。你说说，我们当农民的在人家眼里咋就这么不值钱嘛？啊？我看看那些机关的大门上都写着'为人民服务'的标语，可咋真轮到他们该为人民服务时，咋就这么个德行呀？我想不通……"

李引兰抹着泪水，两眼直盯着我，希望获得答案。

我无法避开她的目光。但我只能向这位农民摇头。因为我知道这是个看起来并不复杂但实际上极其复杂的现实痼疾。

这时李学党接过了话茬儿。

"有一点我始终不明白，为什么过去我们党的一些好作风到了今天就不被一些党员干部尤其是那些本该为人民办事的人所看重呢？我今年快五十的人了，党龄也不算短了，在村上算是老党员了。我是村民组长，全国最小最底层的官儿了吧？当然在官场上谁也不会把我们当成事，可在村里不一样，村民们啥事都会让我出面，啥儿女老人们的婚丧嫁娶，夫妻之间的吵架拌嘴，邻里间的纠纷争执，没有不找我们来出主意想办法的。这几年大伙儿看到别的地方致富了，自己还在啃馍馍，心里着急啊!

　　"你说我们这些村干部能不火烧眉毛吗？这两年村民们学着邻村种植葡萄，主意也是我和其他几个村干部出的，全村人家家户户都拿出了压箱子底的本钱，有几户还把孩子上学的学费都凑在了买葡萄苗上，孩子只好辍学在家待着。大伙儿为了啥？还不是为了能有口有滋味的饭吃嘛！可好，葡萄苗种上了，却没有水。没有水的葡萄园就像放在石板上的鱼儿一样。这能不让大伙儿急得要拼命嘛！许氏兄弟人家在前几年用打工挣来的钱打了口商品井，说实在的人家也不易，几十万元投进去了自然希望能收回本钱有赚头嘛。可问题是村上多数人家连买葡萄苗也是借来的钱，你水井浇灌费那么贵，谁吃得消？所以大伙儿凑钱要重新打口井。农民哪懂多少法嘛！心想别人能在地里打井，他是个人的，我们集体合起来反倒不能在同一块地上打井了？

　　"这个理任凭乡干部县领导说啥也没用，村民们的理由很简单：你许家打井想赚钱，我们几百户合起来打口井是为了全村脱贫致富，于情于理你许家兄弟是欠的。可我们这些当干部的要比大伙儿明晰些，许家兄弟不让大伙儿在'水法'规定的区域内再打口井，并非无理呀！但村民们人多势众，而且涉及的利益是大伙儿的，几百户人家，其中当然也包括我们这些干部家的责任田。

后来为了在打与不让打这口井的问题上，双方闹起来了，谁也说服不了谁。乡里县里的有关部门来做工作就是做不通。在这种情况下，矛盾双方只能自己起来解决。没有其他办法，只有靠动武，看谁本领大，势力大。闹到这个份儿上我们这些平时谁也不放在眼里的芝麻官成了香饽饽了。

"而且每一次向上面汇报情况时，领导们左一个右一个地叮咛说：啥事都好说，千万别出人命！你们村干部都是党员吧？要用党性来保证不能让村里闹出人命来！我知道上面对我们这样的农村小干部是很少用这么严厉的话来命令的，抬出党性来让我们作保证，这也算是最后一张可以约束我们的王牌了。你说我们还有啥可说的？一边是村民的利益，一边是组织的要求。那些日子里，我真的不知道自己该站在哪一边。我就跑到县法院请人来帮助解决纠纷。人家法院还真派了一名庭长，是个女的。咱夏县从上到下穷，法院的庭长下乡调解，连辆车都派不出来，我们就给她租了一辆私人开的摩托。早接晚送，人家是女同志嘛，家里还有老人小孩。可这位庭长在村上待了一个多月，还是没有解决问题，该吵的吵，该打的打。最后这位女庭长含着眼泪对我说：'李组长，我实在没有办法了，你放我回城吧！'我看人家也没有办法，让她走吧。女庭长刚走，村民们和许氏兄弟又打起来了，两边都急红了眼，手里都操着铁铲木棍什么的，那些家伙一动手就会血流成河。我没有辙，左劝右劝谁也不听招呼，最后只好站在对峙的双方中间'扑通'跪了下去，求他们看在我这个当年的老生产队长面上，别动手。我说你们要动手的话，先打烂我的脑袋，再从我身上踩过去。说完这话我就趴倒在地上，一动不动，像个死人笔直地躺在那儿——那天我是准备就这么死了。

"心想只有这样死了才对得起大家，也对得起自己的党员身份，其他的我想凭我这能耐也拿不出来，只有这把几十年被太阳晒硬邦的老骨头了。也许在大伙儿面前我李学党还从来没有这么求过人，大伙儿真的慢慢放下了手中的家伙。但我这一跪并没有解决打井的问题呀！要知道解决打井的问题单靠我的一跪是不成的，所以后来我和村民推荐的李引兰一起上县里找领导出面解决问题。刚才引兰说了不少我们在县城求见领导时的那些事，说起来确实挺寒心的。我也弄不明白现在有些干部和领导咋对我们农民的事那么麻木不仁。引兰她一个女人家受不了人家的冷眼，急得只好跪下求人听一听我们想说的话。可我没有跪，因为想到自己是一名党员，而我知道站在我面前的那些人他们也大多数是党员。正是因为这一点我始终没有在这些人面前屈尊过一次。我觉得如果我向他们下跪了，是我对自己共产党员这个神圣身份的一种玷污。因为我觉得那些见了人民需要的时候，将自己高高挂起、漠不关心的共产党干部，他们不配共产党员这个崇高的身份。我宁可屈尊跪在村民面前，却不愿跪在同是共产党员身份的那些干部和领导面前。真的，我也是一个农民，但我觉得如果自己那样做了的话，我会一辈子伤心的，除非我把共产党员的牌子从身上摘下来。"

李学党这位铁骨铮铮的硬汉子，说到此处眼里噙满了泪水。

"在县城求人的那几天里，我真的灰心极了，想不到平时报纸上电视上天天在念叨的要关心农民利益的话，原来只是在一些人嘴里说说而已。那天和引兰眼看又见不到那位领导的冷面孔后，我就决定回村并作了最后的打算：我给我自己买好一口棺材，你们大伙儿不是为了打井要拼命吗？我是一个村干部，又是一名党员，上面让我管好大伙儿不让出一条人命。可我知道井打不成，地里的葡萄苗又在一天天干死，靠我一个党员、一个芝麻官是拦不住大伙儿的，怎么办？我想到时他们动手时我就站在对峙的双方中间，让他们从我身上踩过，铁锹和木棍先往我头上砸，直到他们砸得手里没劲为止……何作家，我说的全是真心话，当时我确实只有这一条路可以选。但我想不到后来出现了梁书记，他真是救了我们全村的人，也救了我李学党……"

师村后来的故事里便又是梁雨润当了主角。

那一天，梁雨润记得很清楚，是 2000 年 3 月 10 日，他正在邻近的一个乡跟县长在检查工作。"嘟嘟——"县长的手机突然响起。

"喂，什么事？"

"不好啦，县长。你快想办法吧，又要出大事了！"

"别语无伦次的，到底什么事嘛！"县长听得有些烦。

"裴介镇的师村要出大事啦！已经有几百人聚集在一起正要向运城走呢！"

"去运城干啥！集体上访？！"

"可能是比集体上访更严重的事……"

"等等，我想一想，你别关机啊！"县长一脸灰色，在田头愤愤地说了一句，"这天下什么时候太平嘛！"

这一切梁雨润全都看在眼里。他急切地问："县长，出什么事了？"

县长的目光与梁雨润的双眼碰在一起时，发亮了："对对，老梁，你赶快去一趟师村。那边又闹上了，几百人哩！"

"为什么事嘛？"

"不知道。但肯定是难事，而且又是非你办不可的事！"县长将一只手重重地放在梁雨润的肩上，他把全部期待放在这位好同事身上。

梁雨润哪敢耽误，立即驱车前往。一路上，他又通知裴介镇的党委王书记。

经过三十多分钟，梁雨润出现在师村村口。

这时，师村村口那边，黑压压地聚集了一大群村民，他们敲着锣鼓，打着横七竖八的标语和横幅，正往停靠在路边的几辆大卡车上挤。再看看前面的几辆卡车上，几口涂着黑漆的棺材放在那儿特别叫人心悸。

"乡亲们，你们这是干啥呀？"梁雨润的车子还没停稳，他的双脚就已经踩在了地上。

"上运城！找市委书记去！看他们还管不管我们农民死活了！"有人过来冲梁雨润吆喝着让他让道。因为他们多数还不认识他梁雨润是谁。

"有什么问题可以向我反映嘛！用不着赶那么远到运城去啊！"梁雨润伸开双臂，拦在车队前面。

"你是谁？夏县的领导根本不管我们，他们也没有本事解决得了我们的事，你快让道！"有人在车上嚷嚷起来。

"对不起大家了，是我们知道得晚了些。现在我可以代表县委向大家保证：你们师村的事今天我们一定能把它解决好。如果解决不了，你们就朝我梁雨润脸上吐唾沫！"

"啊，你就是梁书记啊！"师村的群众先是一惊，继而欣喜地向他围了过来，"梁书记，早听说你是个专办好事的'百姓书记'。你来了就好！"

"梁书记来了我们就有希望啦！"

"就凭他刚才那句话，我们信！"

顿时，正准备向运城进军的上访群众，纷纷转过车头，跟着梁雨润回到了村里。

"要解决问题，就得有解决问题的方法。"梁雨润面对数百名多日来为了打井一事，已被拖得疲惫不堪和愤怒至极的村民们，高喊道，"现在请你们选出几位代表，随我一起同许氏兄弟商量解决的方法，其余的你们回家好好休息休息，等待我们的消息！"

梁雨润在基本了解情况后的第一个思路是，希望许氏兄弟将他们原来的商品井能够让出来，成为全村共用的公共井，所需的前期投入甚至包括现在的井价可以商量出一个数目来，如果是这样的话，既可以消除双方争执，又可以立即进行全村葡萄地和其他农田的春灌。

但已经有几年稳定收入的许氏兄弟不愿就这样放弃对原来那口商品井的拥有权。

"你们打井时所花的 20 多万元，村里可以将这笔费用一分钱不少地归还给你们，同时你们还可享受一些特别的浇灌优惠价格，这不是挺好的嘛！"梁雨润苦口婆心地做工作。

"不行。那井是我们全家的心血，现在刚刚开始有些回报就卖出去了。我们不干。"许氏方面不让步。

"那你们愿意接受多少价才肯放弃对井的所有权？"梁雨润继续询问。

"不瞒你梁书记，现在就是100万元，我们也不卖那口井，因为它是我们致富的全部寄托。我们不能放弃……"

"明白了。"梁雨润点点头，知道许氏兄弟已经不想着这步棋，"那么是否考虑另一种情况：你们允许第五、第六村民组打口新井，并且由他们向你们补偿因为新井的开发而影响了老井的那部分出水量的收益差价？"

许氏兄弟对这个第二方案仍表示不接受："在500米的范围内再打一口井肯定会严重影响老井的出水量，而且也不符合'水法'规定，所以我们不同意！"

"从道理上讲你们许家可以不接受上面的两个方案，不过多少年来你们与第五、第六村民组的父老乡亲一直在同一村土地上劳作耕耘，应该相互体谅才是。"梁雨润仍不放弃耐心做思想工作。然而在利益面前，许氏兄弟坚决不放弃对老井的一切权利。

"谈判"的时间过了一个又一个小时。眼看"友好协商"又要落空，第五、第六小组的村民开始骚动，他们已经做好了充分准备——一旦梁雨润书记再解决不了问题，一是坚决集体上访到运城市委去；二是即使跟许家拼个你死我活，也要在已经开工的地点打井。

梁雨润非常清楚地意识到自己今天来到师村所面临的是一片难以迈过的沼泽地。要不为何几级干部和领导都躲在一边不愿沾这档子事儿。

面前的矛盾几乎是不可逾越的：许氏兄弟仗着"水法"的支持，在利益面前寸步不让；第五、第六组的村民眼巴巴地看着地里的葡萄苗在枯萎死亡，此井非打不可。怎么办？这真是难坏了梁雨润。因为这既非反腐倡廉的正义决战，也非同明火执仗的亡命之徒的生死较量，这是一件普通的人民内部矛盾，一件农民之间的利益纠纷，然而如果不妥善解决好，一旦几百人之间动起手来，其结果绝非是小事！梁雨润从未感到自己的肩上有过如此沉重的压力。他不由走出村委会的小办公室，独自大步流星地走到宽阔的田野中间，他要亲自在两井现场看一看可以选择的第三种方案。

3月的黄河边，原野上仍然刮着阵阵寒风。可梁雨润只觉全身汗水淋淋。几百位村民几百双眼睛，此刻都在盯着他那时而移动、时而停下的身影。

梁雨润太明白身后的那一双双眼睛里此刻在流露和等待着什么。突然，他折过身来，又大步回到谈判桌前。

"如果把你们新选的井位挪到村东，我们也来个'东水西调'如何？"他向第五、第六村民组的代表们发问。

这是一个全新的想法。村民代表们立即议论开了：可以倒是可以，但那得多花十好几万元吧？再说，多花那么多钱假如打不出来水咋办？是啊，村民现在凑的钱都快连老婆都要卖出去了，再集资怕是没招了。

梁雨润一听这些话，脸色顿时变了：是啊，村民们哪儿弄这么多钱来？真的将井位移到东边打不出水咋办？那时候村民们手中的铁铲和木棍可能不再是冲着许氏兄弟了，而是冲我梁雨润的头上来了！

是啊，这可怎么办？村民代表们将所有的目光聚集到了梁雨润身上，会议室门口此时也早已挤满了一双双企盼的目光，它们同样集中到了他身上。

梁雨润感到浑身发热。突然，村民们见他又一次做了个习惯动作——将大手往桌子上一拍："这'东水西调'所需要的钱，我负责解决！"

"真的？"

"我梁雨润说话什么时候放过空炮？"梁雨润的脸又绯红起来，两眼瞪得溜圆。

"太好了！太好了！这下总算找到解决的办法了！"

村民们一齐欢呼起来。当大伙儿将这一拯救几百村民的喜讯奔走相告时，谁也没有注意他们的梁雨润书记则一下子靠在椅子上久久没能动弹一下。

天不等人，时不等苗。村民们有了梁雨润的话，当下就开始重新在村东的一片宽阔的地域上寻找井位。

"就这儿吧，看这里的风水还不错，能打出水来！"

"不行，我们不能随便定井位，万一打不出水谁负责任？"

"新井位让梁书记定最好。"

村民们已经吃尽了打不出水的苦，过去为打井，村上不知白白甩了多少冤枉钱！那每一口枯井，让多少村民流干了泪水，掏尽了甘苦！而今日此井又意义非同一般，毫不夸张地说，它真是紧连着全村上下几百人的命根根儿。道理非常简单，再打不出水，钱又没了。回头再跟许家兄弟争执，只有以命换水一条路可走！大伙儿能不提着胆儿议事？

村民们便又一声高一声低的"梁书记、梁书记"地将他拉到了他们认为可能有水的新井址，让他定夺这系着全村人命运的一铁铲。

梁雨润缓缓地接过一位村民递来的铁铲，手中微微发颤——虽然这一动作谁都没有看出，但他自己能感觉得到。

他明白只要自己的铁铲下土，就意味着自己的命运（包括政治的）会如此不经意地全都押在了师村这块土地上……眼前一片宽阔的田野，初春的微风吹拂着的地面上的那些枯黄的小草在萌发着嫩芽，梁雨润轻轻地蹲下身子，他感觉那些露绿的嫩芽仿佛在向他微笑。瞬间，他站起身，举起铁铲，用力地在地上一夯，说："就这儿！"

"好——立即开工！"李学党组长大手一挥，众村民马上甩开膀子干开了，他们又说又笑，师村上空顿时洋溢起一团团欢快和希望的景象。

"梁书记，您吃口饭吧！"这时，一位村民端来一碗热腾腾的白米饭，那上面叠着两个荷包蛋。

"哟，可不，都下午4点了！光忙着让梁书记为咱操心，连饭都没让梁书记吃一口！"李学党有些不好意思地朝梁雨润歉意地笑笑，非拉着他往自己的家里走。

此时已近夜间10点，师村东头的田野上正挑灯夜战，操劳了整十几个小时的梁雨润这才感到肚子在咕咕叫着。但他怎么也吃不下，碗中的饭没拨拉几口，便放了下来，然后对李组长说："明天不是正好星期六嘛？你一早到县城来找我，5点钟吧，尽量早些。"

"咋这么早？啥急事？"李组长有些不明白。

"钱！跟我一起去要打井的钱呀！"这回梁雨润的口气里听出了急躁。

李组长和身旁的一群村民听后，眼里顿时涌出了泪珠儿。

梁雨润是纪委书记，不掌任何财权。纪委又是个党组织机关，除了日常开支没有其他经费。再说夏县是个贫困县，即使是县财政局长的口袋里也是常常空荡荡的连教师的工资都往往要拖几个月才能发下去。到哪儿给师村弄十几万元钱呀？梁雨润清楚是自己把师村的难题揽到了自己头上，可回过神再想想自己向全体师村村民们许下的承诺，搅得他梁雨润自个儿一夜没合眼。能不急嘛！村民们已经在新址上开工打井了，每一天就得靠几百上千元钱支撑着才能往下一米一米地钻进。假如停停打打，费用就更大了。可钱从哪儿来呢？

真是愁坏了这位纪委书记。自己的纪委工作不能耽搁，师村打井的经费也不能再延误了。无奈，梁雨润只好用周末时间，带着师村李学党组长外出找熟人乞求。而这回从来就讨厌别人提着烟酒串门送礼的纪委书记，也不得不同样提着烟酒等礼物，像孙子似的在那些熟悉的和不熟悉的领导面前、财神爷面前笑脸"献媚"起来。

李学党是跟梁雨润一起出去要钱的，他向我介绍起当时梁雨润为了他们村打井的那十几万元钱到处求人的情景："你想，给我们村上要的钱都是只给不还的，谁能白白送你？梁书记在我们农民眼里也算是个不小的领导了，可没法子，为了能要到钱，他也只好在那些管钱财的人面前低三下四的。

"我们两人到省城太原求人期间，为了给村上省点费用，他和我一起住几块钱的地下招待所，连馆子他都不肯进。而一进那些机关大楼，他又不得不装出很体面的样子。但我们是来向人家讨钱的，只好迁就着人家的时间，看着人家的脸色行事。有时梁书记和我在别人的办公楼一等就是几个小时，看到那光景我心里真过意不去，几次说梁书记，咱们回去吧，你心尽了，钱要不到我向村民们说明白。可他梁书记说啥也不干，说农民现在日子不好过，刚刚有点希望种上了葡萄，我们怎么能看着他们地里的葡萄苗儿干死呢？正是梁书记对咱农民的一片诚意感动了上帝，所以他前前后后总共为我们村筹资了整整16万元，满足了打井的所需。预期的钱是要到了，但梁书记的心并没有放下，因为假如钱都花出去了，井里不出水不就等于'竹篮子提水'嘛！我清清楚楚记得打井的那些日子里，梁书记不管哪一天工作有多忙，不是顺道到现场看一看进展情况，就是用手机给我打来电话询问。

"有一天刮起少见的沙尘暴，5米开外的人见不到影子。我正招呼着工地上的人躲一躲，梁书记却出现在我们面前，浑身上下像个土人似的，我便说梁书记你咋这时候来了？他说他是怕刮这么大的沙尘暴，工地上会出什么事故，所以才从几十里外的地方赶来了。我们全村人无不为他的精神所感动。那段时间也真让人提心吊胆的。以往我们不管打什么样的井，一般到一定的深度，怎么着中间总会零零星星地见得到一点水，唯独这口井从第1米一直打到三百来米一星点儿水的影子都没见着，你说谁不着急呀？村民们天天围在井台边瞅着，祈求着。你想，既然动工了，有没有水，钱是一样花的呀！梁书记其实比我更着急，一来他知道地里的苗不等人，二来说实话他也知道如果这口井再打不出水来，他再向人磕头要钱就更不容易了！所以梁书记和我们一样，越到后来越着急，恨不得像孙悟空一样缩了身子往井洞里钻下去看个究竟。也许是老天爷也被感动了，打到363米时终于出水了，而且是口旺井，每小时流量达50吨！

"这下可把全村人乐坏了！出水那天，村里的人都围在了井口处，那情景真叫人热泪盈眶。我们村上有位老人是参加过抗日战争、解放战争和抗美援朝的老共产党员，他已经有好长时间没有走出家门了，那天他从家里走了出来，在井口前，他手捧哗哗流着的清泉，笑眯眯地对我说：共产党为人民服务的根本出发点还在，他还想活上几十年。老前辈这样的话已经多少年没有说了，我当时心里真的很激动，自然特别地感谢梁书记。后来村上的人一定要搞个新井灌溉仪式，说一为庆贺村上打井成功，二要谢谢梁书记。村民们纷纷自觉行动起来，大伙儿像过节一样欢天喜地，尤其是妇女们，她们已经有二三十年没集体排过舞唱过歌了，这回她们在李引兰的带领下，自编自演了好几个节目，等待在庆祝仪式上专门献给梁书记。可当我们一切准备就绪，向梁书记提出邀请时，他一听就表示不同意这么做。他说，眼下浇苗要紧，说啥就是不来出席我们的仪式。村民们不干了，说你梁书记一天不来，我们就一天不开灌。最后逼得他没法，只好来了……"

关于后来的开灌仪式和村民们自编自演的节目，我在日后的采访中看了当时师村请人拍下的录像，也看了李引兰她们的现场表演。正如我前面所言，虽然村民们排演的仪式和节目，无法与电视上的节目相比，但我仍然认为它是我多少年来所看过的一场最动人的精彩节目了。

那是当代农民发自内心深处对我们党和党的干部的一种最高的赞誉，它因此比任何明星搔首弄姿的表演不知要强出多少倍！

梁雨润在夏县当纪委书记的近三年里，从没有接受过别人的恩惠，包括由他主持处理过的几百起纠错纠冤案件的那些受益者送的任何钱物。但师村乡亲们自编自演的节目，他接纳了，并像我一样珍藏着这盘录像带——这盘有特殊意义的录像带，就放在他办公室的书架上。他说这是他在夏县留下的最美好的记忆。

我想也是。对一个共产党人来说，还有什么比这更令人羡慕和荣耀的财富呢！

第十章

关于梁雨润的故事，还有很多，如果不是惜纸，还可以再写出如此多的文字，但我想结束本文，免得让读者们感到疲乏。只是在采写完他的事迹后，我觉得有不少心头的感慨非说不可。因为这不仅仅是一个文字多少的问题，而是关涉到我们党千秋执政大业和根基能否岿然不动的大事。

有个道理大家兴许都知道：和平时期，我们党在领导人民建设社会主义过程中，有无数与战争年代完全不同的事需要去做，这中间最重要的当然是领导我们这个农业大国实现从贫穷中摆脱出来，朝现代化的目标前进的任务。简单地说，就是推动社会发展，即生产力的发展。然而这样的问题，其实对一个执政党而言，并不是什么新鲜事，因为任何一个成为了统治者的执政党，其执政后几乎都负有这样共同的责任，离开了这一点，也就无所谓执政了。但为谁而执政，为谁而推动社会生产力的发展，推动的社会生产力又是为谁服务和为谁谋利益，这是共产党执政者与其他执政者的区别所在。中国共产党人在以前的几十年间，能够取信于民，能够有推动社会进步的动力，就在于有了为人民利益而奋斗的宗旨与目标。然而今天在一些地方、一些地区的人民中间为什么对我们的为官者有那么多微词，那么多过激的行为，问题就出在一些为官者忘却了自己为官到底应该为谁谋利益，怎样为人民群众谋利益。

人民和百姓是最少讲大道理的，但他们也是最懂得基本道理的。那就是你说得再好听，唱得再优美，只要不是在为他们服务和谋利益，你这样的官和政府他们就不欢迎，他们就不满意。

现在有不少领导者，他们对百姓的疾苦了解甚少，或者知道了也不愿多去费心。正如梁雨润所说，也许你会为老百姓特别是农民们办100件好事实事，解决他们百个千个难题，但也未必比得上认识一个"管用"的领导，因为一个"管用"的领导一句话就可以使你飞黄腾达。再有些干部他们整天浮在水面上，搞那些"形象工程"，却对群众真正期望的实事不闻不问。另一种干部看起来他们的工作毫无可挑剔之处，他们有章有法，循规蹈矩，貌似忠于职守，把自己的工作搞得井井有条，而当那些百姓寻路无门有难题愁事找到他们时，则面孔一板，或者佯作同情之状地说一声"此事不属于我们管"而一推了之。这样的官当得八面玲珑，左右逢源，到头来，该评先进的照样"先进"，该升官晋级的照样升官晋级。而老百姓的事该怎么着还是怎么着，细细看一看本文主人公梁雨润遇见的那么多闻所未闻的奇事怪事或者平常事，哪一个不是因为我们的一级级领导和干部们你推我推，最后让农民们有冤无处申，很难找着一个管用的部门，针头般的纠纷也酿成了你死我活的悲剧，那些原本不应激化的矛盾更是落得不可收拾的地步。怨谁？当然得怨那些拿了国家俸禄，头顶戴着共产党招牌而不为民办事，整天只知明哲保身，事不关己、高高挂起的官僚衙役。可眼下问题的严重性还不仅在此处，要命的是：你好心好意去为老百姓办了实事，做了好事，却反被那些不干事的人用冠冕堂皇的理由视为"超越职能，不该多管"的不好行为。

本文的主人公梁雨润就遇见了这样的"待遇"。自他的事迹在百姓中广为传颂后，从中央到地方的报纸都进行了宣传，他还被邀请到各地讲演自己学习"三个代表"重要思想的经验体会。有一次在同行的纪委干部会议上，梁雨润作了学习汇报后，马上就有人在台下窃窃私语起来：这老梁确实不简单，可咱纪委干部要都像他这么干，不就成了信访办工作人员了吗？咱是办案的，老百姓有那么多事咱能管得过来吗？

　　带着同样的疑虑，我不止一次问我的主人公。这也正是梁雨润这几年在基层为农民办事中思考最多的一个问题，他这样向我掏出心窝窝里久积的话：我们党在夺取政权时期，与百姓是鱼水关系，只要人民需要，不管谁都会去做，甚至不惜牺牲生命。新中国成立了，党成了执政者，人民群众成为被执政者。而执政者随着各式各样的体制机制的建立，关系错综复杂，条条块块，形如蛛网，似乎形成缺了谁都不行，可常常又缺了谁都没关系的局面。久而久之，官僚主义、形式主义泛滥成风，遇事推诿扯皮成了家常便饭，论功行赏时则你争我夺，好不热闹。这样的结果，倒霉的则是那些需要真正解决难题和难事的人民群众，他们举冤无入门处，下跪求不到神仙，最后只得冲天骂娘。梁雨润说到此处，感触颇深地道：我这种职务的干部在农村和基层也算是个"大官"了，天天会遇到各式各样农民群众的事，按照体制条块分工，百姓的事都是你可管可不管的，假如你认真负责地去过问和处理了，天大的难事也可能就迎刃而解了。相反你躲着避着，谁也说不出你什么，可针尖儿的小事可能酿出了巨大冤情，人间悲剧。

　　梁雨润说他因此常想着这样一个问题：老百姓特别是农民们的事会有多大？有多难办？说白了，无非是些土地纠纷，邻里矛盾，对干部作风和司法不公等问题看不惯，比起我们一些干部关心的职位升迁、妻儿工作安排、孩子上学问题要简单得多。为什么我们的干部对自己的事处理得那么投入，那么游刃有余，而到为群众办事时就那么讲究"分工"，能推就推，即使火烧眉毛的事也麻木不仁？说到底，就是没有把人民群众的事当作自己的事看待，对人民群众缺乏基本感情。

是的。梁雨润的话其实替我回答了广大读者所追觅的他本人为农民群众办了那么多好事难事的"内在动因"，而这也正是我探究出的他为什么能成为江总书记"三个代表"重要思想的忠实实践者的"思想根源"。

在夏县的日子是梁雨润参加工作三十多年里的短暂一站，然而他在百姓心目中所树起的共产党干部形象的那座丰碑已经牢牢地根植在晋南大地上。今天我们再到夏县这个昔日的"国家级贫困县"走一走，你就会发现这儿的农民们早已不再愁眉苦脸，他们的心境变得阳光灿烂。这里不仅村风村情起了质的变化，更重要的是农民们的致富门路更加宽广。其中最耀眼惹人的要算几乎家家户户都引以自豪的"蔬菜大棚"了。说来叫人不敢相信，如今让夏县农民走出贫困奔小康的好似天女散花般的遍地"蔬菜大棚"，竟然与梁雨润这个纪委书记有关，而且农民们这样说："论功，梁书记头一份。"

这不由引起我的好奇。

　　农民们告诉我，在 1999 年前，夏县这个远近闻名的蔬菜基地上从没有过能"四季生钱"的"大棚蔬菜"，因而随着市场经济的激烈竞争，昔日曾有过蔬菜基地美名的夏县最终还是戴上了"国家级贫困县"的帽子。1999 年开春，夏县县委常委（扩大）会议上，身为纪委书记的梁雨润阴差阳错地被指定为抓全县日光温室蔬菜棚建设的负责人。对这份"兼职"，梁雨润不敢轻视，他利用"主业"纪委工作的间隙，跑了一趟山东取经，回来就大刀阔斧干了起来。现今已是夏县农业开发委主任的吕全印，当时在禹王乡当党委书记，老吕一谈到梁雨润抓蔬菜棚的事就大为感慨，话匣子像倒了个儿似的往下滑——

　　这老梁，他抓蔬菜棚建设，就像抓案子似的那么雷厉风行。我记得清楚，那天早晨也就 5 点来钟，我还在梦中，突然他打电话来，说他已经到了我的乡党委办公楼门外。我问他有什么急事起这么早。他说你快起来，我们一起看哪个地方能适合搞蔬菜大棚。我被他逼得没办法，只好钻出热被窝，跟他到了一块荒丘上察看地形地貌。当我们认定那儿的土质和地势能建蔬菜大棚后，老梁挥动镢头就带头干了起来。可建一个大棚就得七千来元，全县推广一万亩这样的日光温室大棚，就得 7000 万元。咱夏县是贫困县，哪来这么多钱？看我们有些心灰意懒，老梁便说：这还不好办？上边要一点，银行贷一点，群众拿一点，不就齐了？说归说，可真正想筹到钱在我们这样的贫困县可是比登天还要难 10 倍的事。那阵子，可苦了老梁，他一面忙着纪委主抓的抽 100 个人办 100 件群众急需解决的大案的"双百会战"，一面心系蔬菜大棚建设。我听说仅为了到省里向有关部门"磕头要钱"，他老梁就不下好几回日夜兼程风雨无阻地上过太原城。一部分的钱筹到了，试验大棚也建起了一批，可老天不作美，那年夏季暴风雨特频繁。有一个星期日，老梁他办完县里的事晚上 9 点刚返回到老家芮城，突然风雨交加。老梁还没同年迈的父母说上一句话，就令司机把车往回开。从芮城到夏县有三四个小时的山路行程，当老梁一身水一身泥地冒雨赶到大棚基地时，菜农们感动极了，说梁书记你咋这个时候到蔬菜棚来了，都 12 点了呀！老梁说：下这么大雨我担心棚子会不会塌嘛！老梁就是用这种精神使全县仅仅用了一年时间，就发展和推广了十几万亩这样的日光温室蔬菜大棚。如今我们夏县的农民们已经将经营大棚蔬菜当作致富的一条重要途径，占农业总收入的 30％以上。

夏县蔬菜大棚的发展，给农民们所带去的丰收与致富的喜悦，使我看到了什么是共产党干部的"分内事"，什么是群众真正的根本利益。

我之所以把这样的一件事放进本文，作为对梁雨润事迹介绍的最后补充，是因为期望所有共产党干部们都能深思一个同样的问题：你是否也应该用自己的热情和干劲，真心实意地、不带任何功利目的地去做些服务于人民群众根本利益的好事、实事？！

发表于《中国作家》2002 年第 7 期

曾获《人民文学》优秀报告文学奖特等奖